Klarant Verlag

Rita Roth liebt Ostfriesland und besonders dic Insel Norderney, die sie immer wieder zum Schauplatz ihrer Romane und Krimis macht. Als bekennende Muschelsammlerin kann die Autorin stundenlang am Nordseestrand entlanglaufen – bei einer steifen Brise allerdings sitzt sie lieber in einem Café und schreibt, anstatt sich ordentlich durchpusten zu lassen. Und so entstehen ihre spannenden Geschichten, inspiriert vom stürmischen Rauschen der See und von den Menschen, denen Rita Roth begegnet.

Rita Roth

Inselschleier

Ostfrieslandkrimi

Klarant Verlag

Klarant Verlag, www.klarant.de – www.ostfrieslandkrimi.de
ISBN: 978-3-96586-353-8
1. Auflage 2021
Umschlagabbildung: Klarant Verlag

Printed in the EU.

Kapitel 1

»Na, juckt dir das Fell?«, witzelte Piet Hansen über Gretje Bloms ungelenke Verrenkungen, die sie mit einer Stricknadel vollführte. Sie stocherte damit unter ihrem Gipsverband herum, der bis zum Bizeps reichte.

»Och«, grummelte sie wehleidig, »deine lütje Friesenrose ist jetzt ein Pflegefall. Verdammter Mist!«

»Unkraut vergeht nicht«, lästerte Piet, »außerdem hast du den besten Pfleger der Welt.« Damit meinte er sich selbst. »Du einarmige Banditin.«

Gretje grinste. Manchmal litt ihr Freund an Selbstüberschätzung, sie wusste jedoch, wie er das meinte. »Wenn du dat meinst«, erwiderte sie. »Ein etwas flotterer Pfleger wäre mir aber lieber. Nicht so'n oller Kerl wie du.«

»Ach? Soll ich Leon mal fragen? Der ist dir wohl lieber, was? Nun vergiss mal nicht, dass ich 'ne Ecke jünger bin als du, mien Wicht. 'Nen alten Kerl bin ich noch lange nicht.« Piet spielte den Beleidigten. »Was guckst du da eigentlich? Bist du für diesen Blödsinn nicht schon zu alt?«

Gretje seufzte theatralisch auf und drohte ihm mit der Stricknadel. »Irgendwie muss ich mich doch ablenken. Man gut, dass Onno heute Abend unterwegs ist. So kann ich wenigstens gucken, was ich will. Immer nur Krimi ist ja langweilig. Ein echter Krimi wäre mir lieber.«

»Beschwör es nicht herauf!«

»Heiliger Klabautermann! Das würde mir gerade noch fehlen. Ausgerechnet jetzt, wo ich doch so gehandicapt bin. Bin ja heilfroh, dass der teuflische Fluch mir bis jetzt noch keine Leiche vor die Füße gelegt hat.«

Es war erschreckend. Jedes Mal, wenn Gretje auf Norderney ein paar Tage entspannen wollte, musste jemand auf unnatürliche Weise sein Leben lassen. Wie verhext kam es der fitten Seniorin vor. Sie war felsenfest davon überzeugt, dass ein böser Fluch auf ihr lag. Mit dem Gipsarm, sie verdankte ihn einem Handtaschendieb, war sie doch schon gestraft genug.

»Ist doch Quatsch. Du immer mit deinen düsteren Vorahnungen«, sagte Piet. Gelangweilt blickte er wieder in die Glotze. Ein junges Paar schaute sich da gerade verliebt in die Augen, bevor sie sich innig küssten. Piet schüttelte sich.

»Wenn dat nicht Liebe ist«, seufzte Gretje Blom, als sich die zwei nun gegenseitig die Ringe ansteckten. »*Hochtied first* heißt die Sendung übrigens. Die guck ich sonst eigentlich nicht. Aber so kaputt, wie ich bin, ist das die reinste Medizin für mich. Genau richtig heute, und dazu hätte ich jetzt gern ein *Fittaminchen*.«

»Das hätte ich mir doch denken können«, murmelte Piet, stand auf und holte den Sanddornlikör.

»Hach, mit mien Freddy damals, das war auch Liebe auf den ersten Blick«, seufzte sie.

»Die ganze Sendung ist doch nur geschummelt«, meckerte Piet. »Ich glaub das nicht, dass die sich vorher nicht gekannt haben. Da wär man ja schön bekloppt, wenn man sich sofort beim ersten Date das Ja-Wort gibt! Die Standesbeamtin ist bestimmt nicht echt, die spielt das nur.«

»Hm«, war Gretjes Kommentar. Sie konnte ihre Augen nicht von der Mattscheibe abwenden. »Kannste ja im Internet *guckeln*.« Piet grinste, den Begriff *guckeln* hatte sie von ihm übernommen. »Wetten, dass das in echt so ist?«

»Um was wetten wir?«

»Zwanzig Euro«, schlug die Hobbyermittlerin vor.

»Einverstanden.«

»Guck doch mal, Piet.« Sie zeigte mit dem Finger auf den Fernseher. »So eine hübsche und nette junge Frau! Und dieser Daniel …« Gretje schmachtete mit verklärtem Blick den Mann auf dem Bildschirm an. »Bei so einem *heißen Eisen* würde ich auch Ja sagen. Und wie der seine Braut anguckt.« Gretje war hin und weg. Je länger sie zuschaute, desto mehr glaubte sie, das verliebte Pärchen auf Norderney gesehen zu haben. Sie erzählte Piet von ihren Beobachtungen, doch der hörte nicht zu. Er durchsuchte das Internet zu der Sendung.

»Ne, nicht?« Er hatte allerhand im Web gefunden. »Das sieht ganz so aus, als ob das wirklich kein Fake ist. Du hast die Wette gewonnen.« Er grummelte vor sich hin und schob Gretje einen Zwanziger rüber. »Das will in meinen Kopf nicht rein. Die beiden da, die haben doch noch das ganze Leben vor sich. Die sehen auch beide ganz gut aus, wieso machen die das? Die könnten doch überall einen Partner finden.«

»Meinst du, das wär eher was für uns alte Leutchen?«

Piet lachte laut auf. »Na, meine lütje Friesenrose, soll ich uns beide heimlich anmelden? Dann müssen wir aber so tun, als ob wir uns nicht kennen.«

»Lass man«, kicherte Gretje. »War nicht ernst gemeint. Wir kennen uns viel zu gut, das können wir gar nicht verheimlichen. Außerdem nehmen die uns sowieso nicht.« Schelmisch sah sie zu Piet hin. »Aber vielleicht haben die ja ein echtes Schnuckelchen für mich auf Lager.«

Piet tippte sich an die Stirn. »Die heiraten doch nur, weil sie Geld vom Sender dafür kriegen. Das ist doch alles nur Show. Pass man auf, nach den Flitterwochen lassen die sich wieder scheiden.« Im Internet wurde seitenweise über die Sendung berichtet.

»Na und? Ihren Spaß haben die dann wenigstens gehabt und Flitterwochen werden den Paaren ja auch noch spendiert. Hier guck mal, die blenden das gerade ein.«

»Pah. Da steht ja nicht einmal, wohin die Hochzeitsreise geht.«

»Das ist ja auch man gut so, sonst haben die ja keine ruhige Minute für sich. Das Fernsehteam beschattet die ja während der ganzen Zeit. Da kannste ja nicht mal knutschen, ohne dass du gefilmt wirst«, rechtfertigte sie die Geheimnistuerei um die Flitterwochen. »Ich bin mir ganz sicher, dass die das gewesen sind, die ich gestern gesehen habe. Ein Fernsehteam war auch in der Nähe.«

Gretje sah auf die Uhr, es war schon bald zehn, draußen war es stockfinster. Aber das war es im Oktober ja auch schon um fünf Uhr nachmittags.

»Könnte natürlich auch wieder ein neuer Krimi gedreht werden«, meinte Piet. »Onno weiß das bestimmt. Ich frage ihn, wenn er wieder da ist.«

»Allmählich könnte der auch mal wieder nach Hause kommen.« Gretje wunderte sich. Normalerweise ging Onno abends nie weg. Musste sie sich Sorgen machen?

»Verstehe ich auch nicht. Der wollte doch nur kurz zum Leuchtturm und seinem Kumpel helfen.«

»Wenn zwei Kerle wie die zusammenhocken! Dat kenn ich. Dann wird das hinterher noch begossen.«

»Keine Ahnung, was unser alter Seebär im Schilde führt.« Piet griente, er wusste sehr gut, was Onno machte. Doch das verriet er nicht, es sollte ja eine Überraschung für Gretje werden.

»Was grinst du denn so blöde? Ihr steckt wohl unter einer Decke.«

»Ich grinse nicht, ich hab so'n Gesicht. Da kann ich auch nichts dran machen«, sagte er schlagfertig. »Aber hör mal, ich glaube, die Haustür geht gerade.«

»Ich hab nichts gehört. Sieh doch mal nach.« Piet musste sich wohl verhört haben, Onno war noch nicht zurück.

»Dann geh ich jetzt ins Bett. Wer weiß, wie lange das noch dauern kann. Die alten Jungs machen wahrscheinlich einen romantischen Männerabend unterm Leuchtturm«, kicherte Gretje. Sie bat Piet, ihr noch ein *Fittaminchen* für die Nacht einzuschenken, bevor sie schlafen ging.

»Ist ja gut. Ich bring dich dann ins Bett. Willst du auch ein Gute-Nacht-Küsschen von mir?«, fragte er schelmisch. Er fand es gar nicht so übel, dass Gretje auf seine Hilfe angewiesen war. Immer wieder ließ er das auch durchblicken, um Gretje zu ärgern.

»Oh Mann. Piet, was soll das denn wieder? Ab morgen Abend ist das vorbei. Dann kommt dat Hanneken und betüddelt mich.« Ihre Nachbarin aus Rhauderfehn hatte versprochen rüberzukommen und ihr behilflich zu sein. Zimmer Nummer fünf war schon für sie reserviert. Nur zähneknirschend fand Gretje sich mit der Tatsache ab, dass sie auf Unterstützung angewiesen war. Das schmeckte ihr überhaupt nicht.

Kapitel 2

Gretje schlief schlecht in dieser Nacht. Der Gips drückte und juckte. Bis in die frühen Morgenstunden wälzte sie sich im Bett hin und her, ehe sie in einen tiefen Schlaf fiel. So bekam sie nichts von Onnos und Piets Verschwinden mit, die sehr früh in geheimer Mission zum Leuchtturm aufgebrochen waren. Nur Leon hatten sie eingeweiht. Schließlich musste jemand da sein, der ihr im Bad behilflich war.

»Was willst du denn hier? Ich hab doch Piet gerufen«, sagte sie gähnend zu Leon.

»Moin. Schon so munter heute Morgen?«, erwiderte er gut gelaunt.

»Moin, mien Jung«, sagte sie lächelnd. Leon war ihr erklärter Liebling in der WG. »Das kann ich dir doch nicht zumuten, mich alte Schachtel halb nackig zu sehen. Piet soll herkommen, die olle Schlafmütze. Der soll das machen.«

»Piet ist nicht da. Der ist schon los, Brötchen holen«, schwindelte Leon. »Ich habe ihm versprochen, dir aus dem Bett zu helfen. So, denn mal raus aus der Koje.« Der attraktive junge Mann nahm ihre Hand und zog sie hoch. »Und außerdem bist du noch lange keine alte Schachtel.« Er gab ihr ein Küsschen auf die Wange, legte den Arm um Gretjes Schultern und plauderte aus seinem Job als Physiotherapeut, in dem er tagtäglich halb nackte Menschen, egal welchen Alters, zu sehen bekam.

Gretje errötete zart, als er ihr beim Ankleiden half. »Wann ist Piet denn losgegangen zum Bäcker? Und was ist mit Onno? Ist der denn auch nicht da?« Normalerweise rumorte er in der Küche, wenn sie aufstand.

»Der wollte noch was erledigen. Musste wohl noch einmal zum Leuchtturm, die sind gestern Abend nicht fertig geworden.« Leon sah auf die Uhr. Spätestens um halb acht wollten sie zurück sein, damit er pünktlich zur Arbeit kam.

»Ich glaube, da sind sie.«

Gretje hatte die Tür knarren hören, im selben Moment schmetterte Onno ein fröhliches »Moin« in den Flur.

Piet brüllte: »Überraschung!«

»Und wo sind die Brötchen?«, fragte Gretje. Von einer Brötchentüte war nichts zu sehen.

»Brötchen?«, wiederholte Piet. Er grinste Onno an, der im Türrahmen stehen geblieben war und wie ein Honigkuchenpferd griente.

»Such sie doch!«, scherzte der hünenhafte Ostfriese. Er holte ein Taschentuch hervor und meinte zu den anderen: »Wir sollten ihr die Augen verbinden. Oder?«

»Was ist das denn hier für eine Verschwörung?«, protestierte sie. Doch dann wurde es auch schon dunkel vor ihren Augen, behutsam nahm einer der Männer ihren Arm und führte Gretje nach draußen.

»Noch fünf Schritte, dann hast du es geschafft.«

Gretje zählte mit, bei fünf blieb sie stehen. Ihre Hand lag auf etwas Kühlem, das sich wie Metall anfühlte.

»Rate mal, was das ist«, brummte Onno. »Da kommst du im Leben nicht drauf.«

»Das ist jedenfalls keine Brötchentüte. Nun macht das blöde Tuch schon ab!«

»Tätä!«, rief Piet. Er nahm ihr das Tuch ab und amüsierte sich, Gretje verblüfft und sprachlos zu sehen.

»Nee, nicht? Das ist ja ’ne Überraschung!«

»Jau«, kam es von den beiden Männern. Verschwörerisch nickten sie sich zu.

»Deshalb warst du gestern Abend noch so lange unterwegs?«

Onno nickte. Er strich über seinen imposanten Bauch, den er unter einem Ringelshirt versteckte, und nahm die Mütze vom Kopf. Er bearbeitete das Wollding, als wolle er es würgen.

»Und wo sind nun die Brötchen?«

Von einer Tüte war immer noch nichts zu sehen. Gretje umrundete das Gefährt und begutachtete es von allen Seiten. Es war ein Lastenfahrrad mit Elektroantrieb, das Onno für sie umgebaut hatte. *Gretjemobil* stand auf dem Beiwagen, verziert mit einer Friesenrose. Ein Blütenblatt war leicht verschmiert, das sah Gretje auf den ersten Blick. Doch sie bemängelte es nicht, sie freute sich einfach viel zu dolle.

Mit erstaunlicher Leichtigkeit schwang sich die kleine Person in den Wagen. »Bestimmt habt ihr das Frühstück im Fußraum versteckt? Schlitzohren ihr!«

Mit dem Fuß mühte sie sich ab, die Tüte ans Tageslicht zu befördern. Es war nicht so einfach. Gretje beugte sich ein wenig vor, kroch noch ein wenig tiefer hinein und hielt dann die Brötchentüte triumphierend in der Hand. Sie tauchte noch einmal ab, denn da war noch etwas anderes, das ihre Männer in Angst und Schrecken versetzte, als sie es sahen.

»Was ist das denn?« Gretje sah auf die Pistole und schwang sie wie eine Westernlady durch die Luft. »Wollt ihr mit mir Räuber und Schande spielen?«

»Gendarm, heißt das«, korrigierte Piet.

»Habt ihr vielleicht die Befürchtung, es könnte mir mit euch zu langweilig werden?« Belustigt sah Gretje Blom ihre Mitbewohner an. »Nur weil ich schon seit zwei Tagen auf der Insel bin und noch kein Verbrechen passiert ist?«

Sie blickte von Onno zu Piet, die Pistole dabei immer auf denjenigen gerichtet, den sie ansah.

»Leg die Knarre weg!«, brüllte Onno mit erhobenen Händen. Seine Augen sprangen ihm bald aus dem Kopf, er sah zum Fürchten aus.

»Ihr habt wohl Angst vor eurer kleinen Friesenrose, wat?«

Piet öffnete und schloss den Mund wie ein Fisch auf dem Trockenen, er brachte kein Wort heraus. Leon verfolgte jede ihrer Bewegungen. Plötzlich sprang er auf sie zu und nahm

Gretje die Waffe ab. Dabei löste sich ein Schuss. Eine verschreckte Möwe hätte um Haaresbreite ihr Leben gelassen. Schimpfend schwang sich das Federvieh in die Luft. Gott sei Dank war nichts Schlimmeres passiert. Die Kugel steckte in Onnos Schild neben der Haustür, das Touristen abschrecken sollte. Die Friesenrose war keine Pension und sollte auch niemals eine werden.

»Was war das denn?«, stammelte Gretje, schockiert über den Schuss. Kalkweiß im Gesicht und am ganzen Körper zitternd kletterte sie aus dem Gretjemobil. »Junge, Junge, Junge! Das ist ja eine richtige Pistole!«, brachte sie mühsam über die Lippen. Als sie sich bewusst wurde, dass sie um Haaresbreite jemanden getroffen hätte, fing sie haltlos an zu weinen. Leon nahm sie in den Arm, redete leise auf sie ein. Er versuchte sie zu beruhigen, doch Gretje schluchzte immer mehr.

»Wo … wo hast du die her?« Verweint sah sie zu Onno auf. »Was hat das zu bedeuten?«

»Weiß der Geier«, schnaubte der gutmütige Ostfriese und gab ihr ein Taschentuch.

»Ich geb wohl mal besser dem Inselsheriff Bescheid«, sagte sie, als sie sich ein wenig gefasst hatte. Sie rief ihn auf seiner Privatnummer an, denn um diese Zeit vermutete sie ihn noch nicht auf der Polizeiwache. Der Hauptkommissar machte vor Dienstbeginn gern einen Abstecher zu seinem Kleingarten, das war Gretje bekannt.

Als er auch nach dem fünften Klingeln nicht abnahm, schimpfte sie ärgerlich: »Wenn man die Polizei schon einmal braucht! Dann schreib ich ihm eben eine *WartsAb*. Die liest er jedenfalls.«

Kapitel 3

»Nicht schon wieder!« Bea Bissick verdrehte die Augen, als sie Gretjes Foto auf dem Handy ihres Kollegen sah. Miss Marple von Norderney langweilte sich allem Anschein nach. Die Ermittlerin verkniff sich eine Bemerkung über Tante Gretje, wie sie die alte Dame scherzhaft nannte, denn bei solchen Äußerungen verstand ihr Kollege keinen Spaß. »War Gretje das?«, fragte sie honigsüß. »Was gibt es denn? Wittert sie wieder einen Mord?«

»Hier. Sieh dir das an.« Er zeigte ihr ein Foto, auf dem Gretje Blom mit einer Pistole in der Hand zu sehen war.

»Das ist ja eine ...« Bea kniff die Augen zusammen, konnte aber nicht erkennen, um welches Modell es sich bei der Waffe handelte. »Verflixt, wie kommt die Alte denn an eine Knarre?«

»Wir fahren zur Friesenrose und klären das sofort!«, entschied Jan Berg und knallte den Kaffeebecher auf den Tisch. Kollegin Swantje Robben saß noch mit ihnen zusammen und riss die Augen weit auf. Sie liebte es, wenn mal richtig was los war auf der Insel.

»Habe ich das richtig gehört?«, mischte sie sich ein. »Hat Gretje Blom überhaupt einen Waffenschein?« Scheppernd stellte auch sie ihren Becher ab, beugte sich vor und betrachtete den Schnappschuss. »Also, wenn ihr mich fragt«, sie fing an zu kichern, »will die alte Dame euch mit einer Spielzeugpistole verarschen. Die muss sich mal wieder wichtig machen.«

»Swantje! Telefon!« Der Apparat auf ihrem Schreibtisch schrillte. Widerwillig trollte sich die Kommissarin hin, leierte ihren Begrüßungsspruch runter und kritzelte eifrig etwas auf die Schreibunterlage.

»Eine Leiche?«, schnappte sie atemlos. »Wo? Etwas genauer, bitte! Unterm Leuchtturm? Erschossen?«

Bea Bissick und Jan Berg wechselten erst einen Blick und dann die Gesichtsfarbe. Umgehend änderten sie ihren Plan, sie mussten jetzt erstmal zum Tatort.

»Um Gretje kümmern wir uns später«, sagte Jan Berg. »Auf geht's, zum Leuchtturm.«

»Swantje, nimm du dir mal Gretje und ihre Senioren-WG vor. Frag sie, woher die Waffe stammt, und nimm sie ihr ab«, beauftragte Bea die junge Kollegin.

»Glaubt ihr im Ernst, die hat eine echte Pistole?«

»Finde das gefälligst heraus. Und etwas mehr Respekt Gretje Blom gegenüber!«, wies Jan Berg sie zurecht. Ihr gegenüber kehrte er gern den Vorgesetzten heraus. Swantje mit ihrer großen Klappe musste lernen, respektvoll über Gretje zu reden. Immerhin war die Hobbyermittlerin eine Freundin seiner verstorbenen Mutter, er kannte sie schon seit seiner Sandkastenzeit.

»Wenn du meinst, Herr Hauptkommissar.« Achselzuckend verzog Swantje sich wieder hinter ihren PC. Ihr Interesse galt nur noch den Infos zu dem neuen Fall.

***

Da die Polizei Gretjes Meinung nach nicht an der Pistole interessiert war, hielt sie es für das Klügste, an den Ort zurückzukehren, an dem die Waffe in das Gretjemobil gelangt sein musste.

»Wir haben doch nur an dem Rad geschraubt«, sagte Onno genervt. »Wir haben es für dich passend gemacht, weil du ja sonst nicht vom Fleck kommst. Sonst nichts.« So etwas war dem alten Seemann im Laufe seines Lebens noch nicht untergekommen, es war ihm ein Rätsel, wie die Pistole da hineingekommen sein konnte. »Wieso liegt das Ding plötzlich in dem Wagen? Knut hat sie doch auch nicht da reingetan.«

Gretjes Spürsinn war geweckt, sie musste das aufklären. Auf der Stelle wollte sie mit dem Gretjemobil zum Leuchtturm aufbrechen.

»Mit der Jungfernfahrt zum Leuchtturm wollten wir dich eigentlich überraschen«, sagte Piet. Er zog ein langes Gesicht.

»Was soll ich denn Mitte Oktober am Leuchtturm?«, fragte Gretje gerührt. »Ist der überhaupt noch für Besucher geöffnet?« Onno nickte. »Dann habt ihr letzte Nacht wohl einen Lift eingebaut, damit ihr mich hinaufbefördern könnt?« Sie schmunzelte bei der Vorstellung, aber jetzt galt es, keine Zeit zu verlieren. »Onno, kommst du auch mit?«

»Nee. Ich hab schon genug Frühsport gemacht!« Immerhin war er heute schon einmal hin und zurück geradelt, ohne elektrischen Antrieb. »Fahrt ihr man ohne mich, ich werde erstmal in Ruhe frühstücken.«

Onno half seiner kleinen Friesenrose beim Einsteigen und legte ihr eine Decke über die Beine. Dann holte er die vermaledeite Pistole, deren Munition er zuvor entfernt hatte. Er legte sie wieder in den Fußraum zurück. Damit war Gretje nicht einverstanden, sie steckte den Revolver in ihre Tasche.

»Wenn unser Inselpolizist oder seine Kollegin sich doch noch bequemen sollten, hierher zu kommen, dann sag denen man, wir sind am Leuchtturm. Und wenn meine Nachbarin, dat Hanneken, ankommt, dann lass deine blöden Witze und mach ihr das Zimmer Nummer fünf nett fertig.«

»Ja, ja, Chefin«, murmelte Onno. Er war froh, wenn er gleich seine Ruhe hatte.

»Habt ihr etwa noch eine Überraschung für mich auf Lager? Ihr müsst doch nicht immer gleich so übertreiben«, sagte sie zu Piet, als sie losfuhren.

»Das wirst du schon gleich sehen.«

Nach wenigen Metern bog er in die Jann-Berghaus-Straße ein, ab da ging es nur noch geradeaus. Das Wahrzeichen der Insel rückte immer näher und erhellte mit seinem Leuchtfeuer den grau verhangenen Himmel.

Es waren schon viele Autos um diese Zeit unterwegs, stellte Gretje verwundert fest und fragte sich, was das zu bedeuten hatte. Im Vorbeifahren nahm sie an einem Auto den Schriftzug eines Fernsehsenders wahr. Nun hatte sie ihre Erklärung, am Leuchtturm wurde gefilmt.

»Du, Piet …«, sie musste gegen den Fahrtwind anschreien, »drehen die einen Krimi?« Sie verstand nicht, was er sagte. »Habt ihr mich etwa ohne mein Wissen als Statistin angemeldet?« So musste es sein. »Was soll ich denn für eine Rolle spielen?«

»Keine Ahnung. Vielleicht ermitteln? Oder du bist eine der Tatverdächtigen.« Er grinste zu ihr rüber.

»Ihr seid die Allerbesten!« Gretje glaubte, was Piet sagte, und war sichtlich gerührt. »Das mit der Knarre, das war aber tüchtig leichtsinnig von euch. Mit sowas, da macht man keinen Spaß!«

»Das war auch kein Spaß. Die ist nicht von uns.«

Geradewegs radelten sie auf den mächtigen Backsteinriesen zu, wo Piet das Rad am Eingang abstellen wollte. Die Zufahrt war jedoch gesperrt, er sollte weiterfahren. Das überraschte ihn, denn Onno hatte gesagt, dass das Filmteam mit dem Dreh erst am späten Vormittag anfangen wollte.

»Was ist denn da los?«, jibbelte Gretje. Sie war völlig von der Rolle, als sie einen Notarztwagen auf der anderen Seite des Leuchtturms sah. Das Blaulicht war noch eingeschaltet und ringsum alles mit Absperrband eingezäunt.

»Vorbereitungen für den Dreh«, meinte Piet. »Guck mal, die stehen da vorne und stecken die Köpfe zusammen. Kannst ja hier schon mal aussteigen.« Piet Hansen half ihr dabei, dann musste er sich auf die Suche nach einem

Parkplatz machen. »Lauf nicht weg, warte hier auf mich. Bin gleich zurück.«

»Ja, ja«, murmelte sie. »Wer ist denn der Chef von dat Ganze? Bei wem soll ich mich denn melden?«

»Das machen wir gleich zusammen.«

Neugierig sah sie sich um. »Ich könnte das doch schon mal in Erfahrung bringen.«

Auf Piet zu warten hatte Gretje keine Lust. Sie war viel zu aufgedreht. Noch nie in ihrem langen Leben hatte sie in einem Film mitgespielt. Wild entschlossen marschierte sie auf das Filmteam zu. Einer von denen würde schon wissen, was Sache war.

»Moin Jungs«, rief sie den Männern zu, die skeptisch aufblickten, als sie sich zu ihnen gesellte. »Mein Name ist Gretje Blom«, stellte sie sich vor. »Ich darf als Statistin in dem Film mitspielen. Wer von euch hat denn hier das Sagen?«

Die Filmleute sahen sie an, als stünde Käpt'n Blaubär persönlich vor ihnen. Gretje fand es nicht witzig, von denen nicht ernst genommen zu werden. Einer der Männer kam ihr allerdings bekannt vor. Den jungen Mann, anscheinend der Kabelträger, hatte sie doch schon mal irgendwo gesehen. Das beruhte auf Gegenseitigkeit, auch er erkannte sie wieder. Gretje Blom musterte ihn mit scharfem Blick. Den konnte der Bengel nicht aushalten, er blickte zu Boden. Mit ihrem Gipsarm knuffte sie ihn daraufhin kräftig in die Seite.

»Wir kennen uns doch, mien Jung!«, sagte sie grantig und hielt ihm den Gipsarm vor die Nase. »Bürschchen! Da hab ich dich ja. Dir verdanke ich diesen …« Gips hier, wollte sie sagen. Der junge Kerl, er mochte höchstens zwanzig sein, sah sie flehentlich an. Sie sollte ihn wohl nicht verraten. »… meine Statistenrolle in dem Krimi?«, beendete sie den angefangenen Satz. »Und merk dir eins: Man sieht sich immer zweimal im Leben.«

Von den anderen Männern in der Runde kam Gelächter, einer zeigte ihr einen Vogel. Grinsend standen sie herum und beobachteten die Alte mit dem Jungen. Der Kabelträger fing an zu stottern, als er merkte, dass er im Mittelpunkt stand. Fast tat er Gretje ein bisschen leid.

Einer aus dem Team erbarmte sich schließlich und erklärte, dass der Junge ein bisschen durcheinander war. »Am Leuchtturm hat er eine tote Frau gefunden. Der ist noch ganz meschugge davon. Wir haben die Polizei verständigt, die müsste jeden Augenblick eintreffen.«

»Echt jetzt?«

»Nix für ungut, Frau Blom. Das wird wohl nichts mit dem Dreh. Und von einer Statistenrolle weiß ich auch nichts. Gehen Sie wieder nach Hause.«

Gretje wurde unsicher. Vielleicht wollten die Männer sie nur nicht dabeihaben und veräppelten sie. Gretje sah sich um, dachte aber nicht daran, zu gehen. Das Blaulicht blitzte mit dem des Leuchtturms um die Wette.

»Dr. Feldmann ist ja auch mit von der Partie!«, rief sie entzückt. Den erkannte sie schon von Weitem. Auf der ganzen Insel gab es nur einen Menschen, der immer und überall mit einer Fliege herumlief. Lässig lehnte der Mediziner mit seinem Handy beschäftigt am Rettungswagen. Er hatte Gretje noch nicht bemerkt.

»Sieht täuschend echt aus«, sagte sie und machte Anstalten zu gehen. »Und du«, sie zeigte auf den jungen Mann, »du kommst mit.«

»Na los, nun mach schon!«, sagte der Chef der Truppe. »Hilf der Dame, nimm ihr wenigstens die schwere Tasche ab.«

Gretje Blom schnappte sich den jungen Mann. Die Tasche mit der Pistole klemmte sie fest unter den Arm. »Du nimmst mir meine Tasche nicht noch einmal ab. Haben wir uns verstanden, Freundchen?«

Der Junge nickte und trottete neben ihr her.

»So, mien Jung«, sie sah ihn streng an. »Nun sag mir mal, wie du heißt und was du hier zu suchen hast. Willst du jetzt auf Norderney als Taschendieb Karriere machen? Da kommt bestimmt mehr bei rum als auf einem lütjen ostfriesischen Bahnhof.«

»Tut mir ja auch leid«, nuschelte er. »Verraten Sie mich nicht. Bitte! Ich flehe Sie an. Das war ein einmaliger Ausrutscher, so etwas mache ich nie wieder.«

»Das kann man wohl sagen. Das war allerdings ein ziemlich schmerzhafter Ausrutscher. Ich hab ja nochmal Glück gehabt, ist nur der Arm gebrochen. Das war auch sehr freundlich von dir, dass du meine Tasche im nächsten Papierkorb entsorgt hast. Nur das Geld war weg! Da bin ich dir echt dankbar für.« Sie tippte ihm auf die Brust, dann fuhr sie ihn an: »Und nun zeig mir gefälligst deine Papiere! Oder du wirst mich richtig kennenlernen. Mein Freund, der Hauptkommissar Berg, muss jeden Moment hier sein. Der wird sich freuen, dass ich dich gefasst habe. Die haben auf der Insel auch eine schöne Zelle für so Halunken wie dich. Ohne Meerblick.«

Der junge Mann zuckte bei ihrer Drohung zusammen. Mit den Augen suchte er blitzschnell die Umgebung ab. Was fiel dieser Alten überhaupt ein, ihn zur Rede zu stellen? Er überlegte gerade, ob er nicht besser fliehen sollte, doch da rauschte tatsächlich schon die Polizei an.

»Hab keinen Ausweis mit«, sagte er bockig. Stotternd fragte er nach, ob sie Anzeige erstattet hatte.

»Noch nicht, aber wenn du nicht spurst, dann kannst du dich darauf verlassen.«

»Aber was ist, wenn ich Ihnen das Geld zurückzahle? Sofort. Würden Sie dann auf eine Anzeige verzichten?«

Gretje streckte wortlos die Hand aus. Der Bengel kramte in seinen Hosentaschen. Ein Fünfziger kam zum Vorschein. Er strich ihn glatt und gab ihn Gretje.

»Okay? Dann sind wir quitt?«, wollte er bestätigt haben.

»Und was ist mit Schmerzensgeld?« Sie nahm ihn aus dem Blickfeld der Polizei. »Das sind dann nochmal fuffzig.« Demonstrativ reckte sie ihren verletzten Arm in die Höhe. »Tut immer noch weh und ist gut möglich, dass ich den Ellenbogen nicht wieder wie vorher bewegen kann.«

»Verstanden«, sagte der Junge. »Ich habe aber nur noch einen Zwanziger. Und den brauche ich selber. Ich muss schließlich auch hin und wieder was essen. Oder soll ich wieder klauen, um das Schmerzensgeld zahlen zu können? Mein Job wird nicht besonders bezahlt. Ist viel Maloche für wenig Kohle.« Ängstlich schielte er zu dem Streifenwagen rüber. »Die Arbeit macht mir aber Spaß und außerdem …«, treuherzig schaute er sie an, »außerdem habe ich eine Chance auf einen festen Job bei dem Sender. Ich bin kein Gangster! Ich habe vorher noch nie etwas geklaut. Das war echt ein einmaliger Ausrutscher. Bitte, Gretje Blom. Sie müssen mir das glauben!«

»Was ich muss oder nicht, darüber reden wir noch. Aber nun sag mir erstmal, wie du heißt.«

»Manuel. Manuel Steins.«

»Gut. Will ich mal gleich festhalten.«

Noch bevor Manuel Steins checkte, was Gretje mit ihrem Handy anstellte, hatte sie ein Foto von ihm geschossen. »Damit ich dich nicht vergesse«, grinste sie ihn an.

»So. Und nun noch deine Handynummer. Dann verspreche ich, dass wir das untereinander regeln.«

Zögernd nannte er die Zahlen, die Gretje gleich eintippte. Mit einem Anruf überprüfte sie die Richtigkeit seiner Angaben. Sein Mobiltelefon klingelte. Sie war zufrieden und ließ Manuel mit den Worten »Du hörst von mir« einfach stehen. Als Nächstes wollte sie sich den vermeintlichen Tatort ansehen. Aus den Augenwinkeln registrierte sie, wie der Junge ihr nachblickte. Den hatte sie ganz schön eingeschüchtert.

Dr. Feldmann spielte immer noch mit seinem Smartphone, er sah schwer beschäftigt aus. Von ihm unbemerkt verschaffte sich die Hobbyermittlerin selbst ein Bild. Die Leiche lag, wie nicht anders zu erwarten, noch immer an Ort und Stelle. Das Blut, das an der Einschussstelle klebte, war schon verkrustet. Das sah wirklich gut aus. Die Leute vom Film verstanden ihr Handwerk. Je länger sie aber hinschaute, desto mehr zweifelte sie daran, dass es tatsächlich keine echte Leiche war. Der Anblick, der sich Gretje bot, war faszinierend. Einen Augenblick zweifelte sie sogar an der Echtheit der Person. Bestimmt hatten die auch menschengroße Puppen in ihrem Fundus, die man nehmen konnte. Diese Frau war die schönste Leiche, die Gretje je gesehen hatte. Je länger sie in das farblose Gesicht schaute, umso mehr beschlich sie das Gefühl, die Frau zu kennen. Es wollte ihr nur nicht einfallen, woher. Wie immer fotografierte Gretje Blom alles am Tatort, bis sie von der Polizei gestört wurde.

Gretje horchte auf, als jemand sagte: »Das kann doch nun echt nicht wahr sein, dass unsere Miss Marple schon wieder vor uns am Tatort ist. Wie macht sie das nur? Bald glaube ich auch an ihren teuflischen Fluch. Oder hat sie einen siebten Sinn?«

Es war Bea Bissick, die über sie ablästerte. Jan Berg nickte nur zu alldem.

»Und was ist mit dir? Willst du mich auch noch zusammenfalten?«, blaffte Gretje den Inselpolizisten an. Sie war enttäuscht, dass er sie nicht in Schutz nahm. »Nur zu. Komm ruhig näher zu mir. Das Blut«, sie zeigte auf die Tote, »ist schon eingetrocknet, davon kann dir nicht mehr schlecht werden.« Gretje war nicht gerade leise. Sollte es ruhig jeder hören, dass er kein Blut sehen konnte. Inzwischen war das kein Geheimnis mehr.

Natürlich nahm jetzt auch Dr. Feldmann von der Hobbydetektivin Notiz. Bea Bissicks Standpauke amüsierte ihn, er konnte auch noch etwas beitragen.

»Palavert man nicht so viel rum«, sagte Gretje. »Habt ihr nichts Wichtigeres zu tun?« Sie meinte die Tote, auf die in regelmäßigen Abständen das Scheinwerferlicht des Turms fiel. Konnte das Zufall sein?, fragte Gretje sich. Oder hatte der Täter das in seine Planung miteinbezogen? Diese Überlegungen behielt sie jedoch schön für sich, das musste sie noch in aller Ruhe zu Ende denken. Bea Bissick störte dabei, immer wieder unterbrach sie ihren Gedankenfluss.

»Ich hab doch gesagt, du sollst auf mich warten.« Piet hatte Gretje endlich gefunden und war verärgert über ihren Alleingang. »Auf dich kann man sich auch nicht mehr verlassen, Gretje.«

»Moin Piet.« Die beiden Ermittler sahen sich nur an. »Das war ja klar, dass du nicht weit von deiner Friesenrose sein kannst. Wenn es darum geht, als Erste am Tatort zu sein, ist auf Gretje jedenfalls Verlass«, regte Bea sich auf.

»Was ist eigentlich los?«, fragte Piet. Er erzählte dem Inselpolizisten von der Filmszene, die mit einem frisch verheirateten Paar gedreht werden sollte.

»Interessant. Und woher weißt du das?«, wollte Jan Berg wissen.

»Onno. Der war nämlich gestern Abend hier und hat seinem Kumpel, dem Leuchtturmwärter, dabei geholfen, den Turm fürs Fernsehen herauszuputzen.«

»Gute Frage, was hier los ist. Echt gut, Piet Hansen«, sagte Bea Bissick schnippisch. »Wonach sieht's denn aus? Glaubst du, wir sind zum Spaß hier?«

Piet hatte beim Suchen nur Augen für Gretje gehabt, erst jetzt sah er die reglos daliegende Frau. Ihm stockte der Atem.

»Von einer Filmleiche kann hier keine Rede sein. Diese Dame ist echt. Nicht wahr, Dr. Feldmann?«

Der Arzt bestätigte es. »Ein gezielter Schuss. Mitten ins Herz«, sagte er. »Herzschmerz! Und aus die Maus.« Der Mediziner war bekannt für seine unsensiblen Kommentare.

»Das wird sich bei der Obduktion dann sicher bestätigen.« Bea Bissick wandte sich an Jan, er sollte sich die Tote nun aus nächster Nähe ansehen.

Jan Berg schlich tief atmend hinter ihr her. Die feuchtkalte Luft schmeckte nach Herbst, nach Moder und Verderben. So intensiv wie an diesem Morgen hatte er den Hauch und den Geschmack des Todes noch nie wahrgenommen. In seinem Garten war das anders. Da konnte er nicht genug bekommen von dem herbstlichen Duft, der sich vermischt mit der salzigen Luft über alles, selbst über seine prächtigen Dahlien legte. Bislang fand er den Herbst angenehm würzig duftend.

»Hallo? Herr Hauptkommissar«, holte Bea ihn auf den Boden zurück. Jan Berg atmete noch einmal hörbar, bevor er das Unvermeidliche tat und seinen Blick auf die junge Frau richtete, die wie eine Herbstblume dahinwelkte. Selbst bleich und kalt war sie noch eine Schönheit, wenn man mal von dem Loch in ihrer Brust absah, aus dem das Leben entwichen war.

Jan Berg schüttelte seine Gefühlsduselei ab und setzte seine amtliche Miene auf. Diese Sentimentalität musste er sich abgewöhnen, das wusste er. Das war ein Problem, das ihm auch nach vielen Dienstjahren noch zu schaffen machte. So gern er seinem Job nachging, richtig glücklich war er nicht über seine Berufswahl. Er war seinem Vater zuliebe in dessen Fußstapfen getreten. Zu der Zeit war es noch sehr viel ruhiger auf der Insel gewesen. Mord und Totschlag gab es nicht. Die Welt wurde immer verrückter. Doch was sollte er tun? Aufgeben? Den Job wechseln? Sich in den Innendienst aufs Festland versetzen lassen? Nein. Das kam nicht infrage. Jan Berg war ein Inselkind und das wollte er bis an sein Lebensende bleiben. Gretje beobachtete ihn, ihr Blick schien zu sagen: Es wird alles gut, mien Jung. Aber wurde es das wirklich?

»Hast du schon nach Papieren der Frau gesehen?«, fragte Bea.

»In ihrer Kleidung ist nichts.«

»Dann schau doch mal in ihrer Handtasche nach. Da sollten wir etwas finden. Vielleicht hatte sie auch einen Rucksack dabei.«

Sie sahen sich suchend um, aber nirgends lag eine Tasche oder ein Beutel.

»Das ist ja merkwürdig«, sagte Bea. »Ich kenne keine Frau, die ohne Handtasche ausgeht. Außer zum Joggen. Wer hat die Tote eigentlich gefunden?«

»Da vorn, der Junge vom Filmteam. Manuel heißt er«, sagte Dr. Feldmann.

Bea winkte ihn heran. Es dauerte ein bisschen, bis er sich in Bewegung setzte.

»Hauptkommissarin Bea Bissick«, stellte sie sich vor. »Bissick mit ck am Ende. Sie haben die Tote entdeckt? Ist das richtig?«

»Hm.«

»Geht es auch etwas genauer?«

»Äh …«

»Lass uns erst seine Personalien aufnehmen«, meinte Jan Berg. Bea winkte ab. Manuel sollte ihnen erzählen, wann er die Tote gefunden hatte.

»Haben Sie etwas angefasst? Oder etwas mitgenommen?« Bea Bissick sah ihn eindringlich an.

»Nein, ich habe nichts angefasst«.

»Auch nichts mitgenommen? Eine Handtasche vielleicht?« Bea ließ nicht locker.

Manuel sah zu Gretje hinüber. Hatte die Alte ihn doch verraten und als Taschendieb verpetzt? Gretje schmunzelte, gab ihm aber zu verstehen, dass sie sich an die Abmachung gehalten hatte.

»Nein«, beantwortete er nun die Frage. »Bei ihr lag nichts. Ich habe zumindest nichts gesehen.«

»Danke. Haben Sie bei uns angerufen?«

»Nein, das war unser Chef. Ich bin nur ein Kabelträger, ich habe nichts zu melden.« Manuel konnte gehen, nachdem sie seine Personalien aufgenommen hatten.

»Das hätte ich euch auch sagen können«, bemerkte Gretje trocken.

»Ja klar. Gretje Blom weiß schon alles. Kannst du uns auch schon sagen, wer der Täter ist? Und wo wir ihn finden?«

Diese Fragen ließ Gretje unbeantwortet. »Hab vorhin mit dem Jungen geschnackt, ich hab auch seine Nummer. Netter Junge. Und so hilfsbereit, der wollte mir sogar die Tasche tragen«, sagte sie verschmitzt. Sie klemmte das gute Stück noch fester unter den Arm. Das Schießeisen lag schwer darin, es drückte und erinnerte Gretje an ihre Mission. Sie war hier, weil sie herausbekommen wollten, woher die Waffe stammte.

»Ich habe euch noch was Wichtiges zu sagen.«

Piet nickte. »Das glaube ich auch. Wird auch langsam Zeit.«

»Wenn's wirklich wichtig ist, bitte. Dann raus damit.«

»Ich glaube schon. Nee, ich bin sicher. Ich weiß nämlich, wer die Tote ist. Die habe ich erst gestern Abend noch gesehen.« Gretje wartete einen Moment, ehe sie weitersprach. »Das war das eine. Und das andere …« Sie zeigte auf ihre Tasche. »Hier drinnen hab ich noch eine Überraschung für euch. Aber die Polizei scheint das ja nicht sonderlich zu interessieren.«

»Gretje, sabbel nicht so viel«, mahnte Piet. »Und die Frau, die kannst du gestern Abend gar nicht gesehen haben. Wir waren doch den ganzen Abend zu Hause und haben ferngesehen. Denk doch mal nach.« Piet schüttelte den Kopf. »Oder träumst du schon von Mord, bevor er passiert? Hast wohl hellseherische Fähigkeiten und kannst sehen, wer das nächste Opfer ist?«

»Nee.« Gretje griff in die Tasche und holte den Revolver heraus, die Mündung auf Bea Bissick gerichtet. Blitzschnell langte deren Hand an ihr Holster. Doch schnell entspannte sie sich wieder und begann zu lachen. Sie dachte an Swantjes Worte mit der Spielzeugpistole.

»Nun hören wir aber mal auf mit den Spielchen«, sagte Bea energisch. Sie nahm Gretje die Waffe ab und stellte fest, dass das keine Attrappe war. Zum Glück war sie nicht geladen.

»Das gibt's doch nicht! Verdammt! Gretje Blom, woher hast du die? Einen Waffenschein hast du ja wohl nicht«, sagte sie. »Oder? Nun rück schon raus damit. Gretje, was wird hier gespielt?«

Jan Berg realisierte erst jetzt, was für ein Wahnsinnsglück sie gehabt hatten. Nicht auszudenken, wenn die Waffe geladen gewesen wäre. Ausgerechnet seine mütterliche Freundin Gretje Blom fuchtelte der Polizei mit einer Pistole vor der Nase herum. Das durfte einfach nicht passieren.

»Bist du völlig von Sinnen?«, schnauzte er sie an. Im nächsten Moment tat es ihm schon wieder leid. Gretje sah ihn weinerlich an.

»Da kann unsere Gretje auch nichts für. Wir haben die Pistole heute Morgen in Gretjes neuer Fietze gefunden. In dem *Gretjemobil*. Onno und ich haben das ganz früh von

Knut abgeholt.« Die Beamten rätselten, was er meinte. »Das ist ein umgebautes Lastenrad«, erklärte er. »Steht da hinten. Soll ich es euch zeigen? Mit dem Gipsarm kann sie ja nicht selbst Rad fahren. Ich bin ihr Chauffeur. Wenn unsere Gretje den ganzen Tag nix zu tun hat und in der Friesenrose rumsitzt, dann …«

»Schon gut. Ich kann mir vorstellen, was dann wäre«, lenkte Jan Berg ein.

»Und wer ist jetzt Knut?«, fragte Bea. Sie nahm an, dass er etwas mit dem Leuchtturm zu tun hatte, was Gretje ihr auch bestätigte. Persönlich hatte Bea den Leuchtturmwärter bislang nicht kennengelernt. Sie war aber auch erst ein paar Monate auf Norderney. Noch standen ihr alle Türen offen, wenn sie in ihre alte Dienststelle zurückwollte. Sie machte sich ein paar Notizen und dann räumten sie das Feld, als die Kollegen von der Spurensicherung anrückten.

»Gretje, denk einmal scharf nach. Bist du sicher, dass du die Frau wirklich schon einmal gesehen hast?«, kam Bea auf Gretjes Einwand zurück.

Die rüstige Seniorin nickte beleidigt. Die taten ja so, als wäre sie dement.

»Und wo?«

»Im Fernsehen.«

»Aha. Im Fernsehen also.«

»Das geht hier um Mord, Gretje!« Piet war genervt. »Hör endlich auf, einen auf beleidigt zu machen. Wir wollen wissen, was du gesehen hast.«

»Du hast es doch auch gesehen. Findest du nicht, dass die«, sie zeigte in Richtung der Leiche, »so aussieht wie die Braut aus der Sendung? Ich hab dir doch gesagt, dass das eine Realityshow ist und nicht so'n vorgetäuschter Kram.«

Piet überlegte. Eine gewisse Ähnlichkeit ließ sich nicht leugnen.

»Was war das denn für eine Sendung, die ihr gesehen habt?«, fragte Jan Berg. Er schaute wenig Fernsehen. Meistens konnte er nicht mitreden, wenn es um bestimmte Serien oder um Werbung ging. Vielleicht sollte er das ändern. In seinem Garten war ja nichts mehr zu tun und die Abende waren zu dieser Zeit verdammt lang und dunkel. Aber alleine auf dem Sofa sitzen und in die Röhre gucken? Wenn es doch nicht so schwierig wäre, eine Partnerin zu finden.

»So eine Show ist das. *Hochtied first*!« So wie Gretje den Namen der Sendung betonte, hörte es sich an wie *America first.* »Kannst ja ins Fernsehprogramm gucken. Meistens gibt das ja auch Wiederholungen, wenn du mal was verpasst hast.«

»Fragen wir doch einfach die Leute vom Film.« Bea ging zu ihnen hinüber. Der Chef der Truppe konnte das nur bestätigen. Das Fernsehteam sollte das junge Ehepaar in den Flitterwochen filmen. Die Zuschauer brannten darauf, mitzuerleben, wie es nach dem Ja-Wort weiterging. Die Brautleute hatten sich vorher ja nicht einmal gesehen. Für heute stand eine romantische Liebesszene auf dem Leuchtturm auf dem Programm.

»Das können wir dann ja wohl knicken«, sagte ein Kameramann. »Weiß Tess eigentlich schon Bescheid?«, fragte er seinen Chef. »Die wird nicht gerade begeistert sein. Die Einschaltquote ist längst nicht mehr so doll wie am Anfang.«

»Wer ist Tess?«, wollte Bea wissen.

»Unsere Programmchefin«, erklärte der Kameramann. »Die Zuschauer wird man mit einem tragischen Unglücksfall vertrösten. Schätzungsweise wird man die ganze Aufregung vor der Hochzeit für ihren Tod verantwortlich machen.«

»Können Sie die Tote identifizieren?«

Er antwortete mit einem Kopfnicken. Sie gingen zu der Leiche, flüchtig sah er hin. Bea bemerkte seine Unsicherheit bei der Konfrontation mit dem Tod.

»Ja. Das könnte sie sein.« Hundertprozentig sicher war er sich aber nicht. »Sie sieht so anders aus, so blass. Ohne Schminke und das Styling kann man die Menschen ja meist nicht wiedererkennen.« Ihr Anblick war unheimlich. Irgendwie gespenstisch, aber auch sehr schön. »Doch. Ich glaube schon. Sie ist es«, versicherte er dann. »Das ist alles so unwirklich. Sie sieht aus wie diese eine aus dem Vampirfilm …«, sagte er leise. Der Kameramann entschuldigte sich, als er merkte, dass er laut gedacht hatte. Im Laufe der Jahre hatte er sich angewöhnt, in Filmen und Szenen zu denken. Das war eine Berufskrankheit.

»Das ganze Leben ist ein Film«, gab Gretje ihren Senf dazu. Unbemerkt hatte sie sich angeschlichen.

»Wie wahr, wie wahr«, seufzte der Unbekannte. »Das ist wirklich tragisch.«

Bea Bissick stand der Sinn nicht nach Philosophiererei über Sinn und Unsinn des Lebens. Sie mussten den Mörder finden. Aber vorher mussten die Rentner den Schauplatz verlassen.

»Gretje, für dich ist hier jetzt Sendeschluss!«, sagte sie so freundlich wie möglich. »Das gilt natürlich auch für dich, Piet. Seht zu, dass ihr nach Hause fahrt. Wir müssen unsere Arbeit machen. Dabei können wir keine Hobbydetektive brauchen.«

»Schon gut, Frau Bissig!«, zickte Gretje zurück.

»Und deinen Waffenschein, den solltest du schon mal bereithalten. Darüber sprechen wir noch. Und Onno …«, sagte sie zu Piet, »Onno darf die Insel nicht verlassen. Richte ihm das von uns aus.«

»Wieso das denn?«

»Wieso?« Beas Augenbraue zuckte in die Höhe. »Überleg doch mal. Onno Fokken war gestern Abend und heute Morgen am Tatort. Die Pistole lag in seiner Karre. Reicht das? Onno steht unter dringendem Tatverdacht.«

»Komm, Gretje. Die Hauptkommissarin ist überfordert. Sonst würde sie nicht so einen Mist von sich geben. Die hat heute bestimmt noch nicht gefrühstückt.«

»Der hat doch 'ne Möwe ins Hirn geschissen«, kommentierte Gretje, als sie sich ein paar Schritte entfernt hatten und außer Hörweite waren. Sie selbst hatten auch noch nichts im Magen, das merkte und hörte sie jetzt.

»Denn halt mal an der nächsten Bäckerei an«, sagte sie zu Piet.

»Wird gemacht, meine Friesenrose!« Vor einer kleinen Bäckerei am Damenpfad hielt er an. Eine ordentliche Stärkung hatten sie sich verdient. »Und fahr bloß nicht damit weg! Bin gleich wieder da«, scherzte er. Eine Schlange Wartender stand bis auf die Straße, so schnell würde Piet nicht drankommen, das würde länger dauern.

»So ein Mord zum Frühstück macht ganz schön hungrig«, sagte Gretje, als Piet mit zwei gut gefüllten Papiertüten herauskam.

»Jau.«

Die Hobbyermittlerin war bestens gelaunt. Als Piet in der Bäckerei war, hatte sie eine Beobachtung gemacht, die sie zuversichtlich stimmte, sich trotz Gipsarm in diesem Urlaub nicht zu langweilen. Zurück in der Friesenrose wollte sie eine neue SOKO ins Leben rufen.

Kapitel 4

Wie sollte er dem frischgebackenen Witwer die traurige Nachricht überbringen? Jan Berg war verzweifelt. Er konnte schließlich nicht zu ihm sagen: Sie sind wieder zu haben, wollen Sie sich schon zur nächsten Show anmelden? Unwillkürlich musste er grinsen über seine bösen Gedanken. Es liefen aber auch immer verrücktere Shows im Abendprogramm. Nicht ohne Grund zischte er sich nach Feierabend lieber bei einer Gartenzeitschrift ein Bier rein.

»Soll ich das für dich übernehmen?«, fragte Bea mitfühlend. Das Hotel, in dem das Paar seine Flitterwochen verlebte, hatte Swantje ihnen mitgeteilt. Nun waren sie auf dem Weg dorthin.

»Immerhin sind dem Paar ein paar wundervolle Tage vergönnt gewesen«, sagte Bea.

»Danke, liebe Kollegin. Ist gut gemeint, aber ich bin lange genug im Dienst, das schaffe ich schon. Wenn ich das auch nicht gerade gern mache.« Es gab auch so schon genügend Situationen, in denen Jan Berg sich seiner Kollegin unterlegen fühlte. Er wollte keine Schwäche zeigen. »Ein Gespräch von Mann zu Mann halte ich für angebrachter.«

»War ja nur ein Angebot. Wollen wir vorher noch einen Happen essen?«

»Gute Idee.«

»Fischbrötchen?«

»Fischbrötchen!«

***

Bea Bissicks Grüße an Onno, dass er unter Mordverdacht stand, verfehlten nicht ihre Wirkung. Dass Onno sich aufregen würde, damit hatte Piet gerechnet. Aber nicht in einem solchen Ausmaß, Onno sah aus, als ob er kurz vor einem Infarkt stand.

»Das glauben die doch selbst nicht!«, brüllte der stämmige Ostfriese. »Ist die Bissick jetzt vollkommen durchgeknallt? Und ich hab geglaubt, die ist ganz fit im Kopp.« Onno würgte beidhändig seine Mütze, das arme Strickding konnte einem schon leidtun. Als sie wieder seinen kahlen Kopf bedeckte, begann er Zwiebeln zu hacken, bis seine Augen tränten. Er verteilte Mett auf den Brötchen und streute reichlich Zwiebeln darauf. Kraftvoll biss er hinein, verschlang eine Hälfte nach der anderen.

Gretje rümpfte angeekelt die Nase. Die ganze Küche stank nach Mettbrötchen. Ihre Augen brannten auch schon. Aber wenn das Onno half, die Beschuldigungen zu verarbeiten, würde sie nicht meckern.

»Bleib cool!«, sagte sie. »Wir wissen doch, dass du mit dem Mord nichts zu tun hast. Die Bissick braucht nur einen Sündenbock. Ist ja nicht deine Pistole. Oder?«

»Was denkt ihr denn?«

»Es ist also wieder einmal ein Mord passiert und der Täter läuft noch frei herum«, brachte Gretje es auf den Punkt. »Wir wissen nicht, ob er noch auf unserer Insel frei herumläuft oder ob er woanders nach neuen Opfern Ausschau hält. Es könnte doch sein, dass das jemand ist, der es auf junge Paare abgesehen hat. Der das Glück anderer nicht ertragen kann. Oder was meint ihr?«

»Glaubst du, es handelt sich um einen Serienkiller?« Piet fuhr sich durch das graue Stoppelhaar. Diese Möglichkeit hatten sie noch nicht in Erwägung gezogen. Aber da war was dran.

»Völlig ausschließen kann man das nicht«, sagte Gretje. »*SOKO Flitterwochen*? Das wäre dann doch ganz passend.«

»Oder SOKO Leuchtturm«, schlug Piet vor. »Ist aber auch egal. Hauptsache, der Fall wird gelöst.« Piet wollte nicht untätig herumsitzen und sich den Kopf über Nebensächlichkeiten zerbrechen.

»Dann nennen wir uns eben SOKO Inselflitter«, sagte Gretje. »Nicht lang schnacken, lasst uns lieber gleich den Täter packen!« Sie legte das Handy auf den Tisch und zeigte die Fotos vom Tatort. Piet sah nach, wann es eine Wiederholung der Sendung ›Hochtied first‹ gab. Das war am nächsten Tag, um sechs Uhr morgens.

»Das sehen wir uns zusammen an«, bestimmte Gretje. Onno zog einen Flunsch. »Du auch!«

»Warum das denn?«

»Das will ich dir wohl sagen. Vorhin hab ich ein Pärchen aus dem Hotel kommen sehen, bei dem ich mir hundertprozentig sicher bin, dass das die beiden aus der Show waren.« Gretje grinste in die Runde. »Unter diesen Umständen stellt sich natürlich die Frage: Wer ist dann die Tote? Diese Simone aus der Show ist es jedenfalls nicht.«

»Das werden unsere Inselbullen bestimmt schon herausgefunden haben. Kannst sie ja fragen, wenn sie ankommen und mich verhaften wollen.« Onno kannte weder die Sendung noch hatte er etwas mit der Leiche zu tun. Er hatte auch keine große Lust, sich diesen Blödsinn im Fernsehen anzusehen.

»Also, noch einmal von vorn«, sagte Gretje beschwichtigend. »Wir haben es mit einer weiblichen Leiche zu tun, Name unbekannt. Papiere oder Hinweise auf ihre Identität gibt es bislang nicht. Dem Aussehen nach könnte es sich um die Frau aus der Fernsehshow handeln. Aber sie ist es nicht«, freute sie sich, denn das konnten die Inselpolizisten nicht wissen. Sie sah ihre Jungs, die sich immer noch kabbelten, eindringlich an. »Die Tat wurde letzte Nacht verübt. Onno war in derselben Nacht am Tatort mit dem Leuchtturmwärter zusammen. So weit klar?«

»Jau«, sagte Piet.

»Onno, du könntest also etwas gesehen oder gehört haben«, folgerte Gretje Blom. Durchdringend sah sie den alten Seebär an. »Onno, erinnere dich doch mal. Du musst doch etwas mitbekommen haben. Vielleicht ein Geräusch, einen Schuss, einen Knall? Oder den Schatten einer Person, vielleicht waren da ja auch noch Radfahrer oder Autos. Irgendetwas«, zählte sie auf. »In deinem runden Eierkopp, da ist doch mehr drin als nur Seemannsgarn. Nun denk doch nochmal scharf nach«, triezte sie weiter. »Hast du denn nichts gehört? Waren da vielleicht noch andere Leute beim Leuchtturm, als du mit Knut an meinem Bike rumgeschraubt hast?«

Onno stützte den Kopf in beide Hände, angestrengt dachte er zurück. Es fiel ihm beim besten Willen nichts ein. Knut und er waren viel zu beschäftigt gewesen, um sich um Nebensächlichkeiten zu kümmern. »Mannomann. Wir hatten genug damit zu tun, die Aussichtsplattform sauber zu machen. Für das Fernsehen. Und dann haben wir noch die Sicherheitseinrichtungen überprüft.«

»Wie spät war das denn?«

»Glaubt ihr vielleicht, ich hab dauernd auf die Uhr geguckt? Es war jedenfalls noch nicht dunkel.« Er kratzte sich an der Stirn, was offenbar einen Geistesblitz hervorbrachte. »Die Sonne war fast untergegangen, aber noch nicht ganz. Knut meinte, es wäre Zeit für einen Sundowner.«

»Und? Habt ihr euch einen genehmigt?«

»Blödsinn!« Onno klatschte sich gegen die Stirn. »Natürlich nicht. Nicht da oben auf dem Turm. Wir sind doch nicht bescheuert. Die vielen Stufen, die haben's ganz schön in sich. Wir wollten da schon heil wieder runterkommen.«

»Hätte nicht gedacht, dass du so vernünftig sein kannst«, sagte Gretje. »Piet, schreib das mal auf. Sonnenuntergang, circa siebzehn Uhr.«

»Und dann, als wir mit dem Turm fertig waren, war es schon stockfinster. Na ja, wie man's nimmt. Das Leuchtfeuer ist ja immer da. Knut hat auch einen Scheinwerfer zum Arbeiten dagehabt, mit dem wir jedes Schräubchen erkennen konnten. Alles nur wegen dir, Gretje. Und was hab ich jetzt davon? Der ganze Ärger nur, weil ich das *Gretjemobil* startklar machen wollte.«

»Wie lange hat das gedauert? Wann wart ihr damit fertig?«

Auf Onnos Stirn standen bereits kleine Schweißtröpfchen. Gretjes Fragerei ging ihm allmählich auf die Nerven.

»Sag mal, machst du jetzt einen auf Kommissarin? Du bist ja schlimmer als die Bissick mit deiner fiesen, piksenden Fragerei. So, wie du tust, komme ich mir ja bald vor wie ein Schwerverbrecher. Jetzt ist aber mal langsam Schluss damit!« Onno haute mit der Faust auf den Tisch.

»Ich habe aber auch noch eine Frage«, meldete sich Piet. »Ist auch wirklich die letzte. Versprochen.«

Onno stöhnte auf.

»Hast du nicht wenigstens einen oder mehrere Schüsse gehört?«

»Nee. Ich habe nichts gehört außer die Geräusche vom Hämmern und Bohren. Ich bin doch nicht die ganze Nacht am Leuchtturm gewesen. Abends war ich doch wieder hier.«

»Und wer kann das bezeugen?«, bohrte Gretje weiter. »Wir haben dich gestern Abend jedenfalls nicht mehr gesehen. Und *Hochtied first* ging bis um halb elf. Das haben wir uns bis zum Schluss angeguckt. Als ich ins Bett gegangen bin, warst du jedenfalls noch nicht wieder da.«

Piet konnte das nur bestätigen.

»Na und? Bin halt ein rücksichtsvoller Mensch.«

»Somit hast du aber kein Alibi«, stellte Gretje fest. »Das sieht gar nicht gut aus für dich, wenn die Kripo dich verhört. Immerhin warst du als Letzter am Tatort.«

Onno tat ihr leid, die Fakten sprachen gegen ihn. Dass der gutmütige Kerl keiner Fliege etwas zuleide tun konnte, das wussten alle in der Friesenrose. Die Hauptkommissarin musste das doch auch wissen, schließlich hatte sie in Zimmer Nummer fünf ein paar Tage gewohnt. Der Insulaner und die Hauptkommissarin mochten sich sogar.

»Erzählt der bloß keinen Quatsch. Klar habt ihr mich noch gesehen! Verstanden? Oder seid ihr scharf darauf, mich im Knast zu besuchen?«, versuchte er es ins Lächerliche zu ziehen. »Was hab ich denn für einen Grund, auf eine junge Frau zu schießen, die ich nicht einmal kenne? Könnt ihr mir das mal sagen?«

»Nee«, meinte Piet.

»Das ist genau die Frage, auf die wir eine Antwort finden müssen«, sagte Gretje. »Wer könnte ein Interesse am Tod der Frau haben?«

***

Mit genau dieser Frage beschäftigten sich auch die beiden Ermittler, während sie ihre Fischbrötchen verspeisten.

»Lass uns erst die traurige Nachricht überbringen. Vielleicht kann der Ehemann uns einen Hinweis geben. Ich sag nur noch eben Swantje Bescheid, wo wir sind«, schlug Bea Bissick vor.

»Frag sie auch, ob die Tote als vermisst gemeldet worden ist.« Diese Frage ging ihm nicht aus dem Kopf.

»Stimmt. Da hätten wir auch schon früher drauf kommen können. Der muss seine Frau doch vermisst haben.«

»Also, wenn meine Frau sich auf der Hochzeitsreise nachts herumtreibt, noch dazu ohne mich, ich glaube, ich würde mich auf der Stelle wieder scheiden lassen«, sagte Jan Berg. Ihm kamen Zweifel, ob er wirklich eine Partnerschaft suchte. Es war immer so kompliziert mit den Frauen. Auch mit Bea. Aber nicht so oft. Mittlerweile hatten sie sich ganz gut zusammengerauft. Von der Seite sah er, wie sie die Nummer der Polizeistation wählte.

»Nee. Keine Vermisstenmeldung eingegangen!«, klang es aus dem Telefon, obwohl es nicht auf Lautsprecher gestellt war. Die junge Polizistin war auch so gut genug zu verstehen.

»Und was ist mit dem Mini, der auf dem Parkplatz stand? Ist der Halter des Wagens bekannt?«

»Moment, das checke ich sofort.«

»Super. Aber wir haben erst noch etwas anderes zu erledigen. Wir melden uns nachher. Stehen jetzt vor dem Hotel.«

»Na, denn viel Spaß.«

Ohne Probleme wurden die beiden Ermittler zur Hochzeitssuite von Daniel und Simone Hipp begleitet. »Sieht ganz so aus, als hätte man uns schon erwartet«, sagte Bea zu der Hausdame.

»Na ja«, räusperte sie sich. »Jeden Tag melden sich Gratulanten oder Persönlichkeiten des öffentlichen Lebens bei uns, die das Paar sprechen oder zu einer Veranstaltung einladen wollen.«

»Ah. Interessant. Sind das alles Termine, die der Sender organisiert hat?«, erkundigte sich die Hauptkommissarin.

»Frau Andersen macht die Termine. An der Matchingexpertin führt kein Weg vorbei. Sie ist diejenige, die das Paar auf dem Weg ins Glück begleitet hat und den beiden bei Startschwierigkeiten mit psychologischem Fachwissen und ihrer Lebenserfahrung zur Seite steht«, erklärte die Dame freundlich. »Frau Andersen ist aber momentan leider verhindert, eine Videokonferenz.« Die Hausdame fuhr mit Bea Bissick und Jan Berg in die fünfte Etage, in der das Paar seinen Honeymoon erlebte.

»So möchte ich auch mal Urlaub machen«, sagte Bea, beeindruckt von dem modernen, nordischen Style, der ohne Schnickschnack auskam. »Soll ich nicht doch lieber übernehmen?«

»Nein«, erwiderte Jan und klopfte an die Tür.

»Herein!«

Ein junger Mann öffnete mit nacktem Oberkörper.

»Daniel Hipp?«, fragte der Inselpolizist.

»Ja, der bin ich. Was verschafft mir die Ehre?«

»Hauptkommissar Jan Berg«, stellte er sich vor. Bea tat es ihm nach. »Dürfen wir reinkommen?«

»Bitte schön.«

Bea sah sich diskret in der Suite um. Es war ein Traum, ein Funken Neid kam in ihr auf.

»Herr Hipp«, begann Jan Berg zaghaft, nachdem sie sich gesetzt hatten. »Sie haben doch vor Kurzem geheiratet und machen hier Flitterwochen. Ist das richtig?«

Der gut aussehende junge Mann bejahte das.

»Ich habe ja selbst nicht geglaubt, dass so etwas möglich ist«, schwärmte er. »Es war Liebe auf den ersten Blick. Simone und ich, wir haben uns in die Augen gesehen und es hat bei uns beiden *Bämm* gemacht.«

»Herzlichen Glückwunsch«, stotterte Jan Berg. »Aber deshalb bin ich nicht hier. Es tut mir aufrichtig leid, aber ich muss Ihnen sagen, dass wir Ihre Frau tot aufgefunden haben.« Der Hauptkommissar wartete schweigend auf die Reaktion des Frischvermählten. Den schockierte die Mitteilung anscheinend überhaupt nicht. »Sagen Sie, wann haben Sie Ihre Frau zum letzten Mal gesehen?«

Daniel sah den Beamten an, als hätte der nicht mehr alle Tassen im Schrank. »Wie? Was soll das heißen? Meine Frau ist tot? Das kann nicht sein.«

Jan Berg wiederholte seine Frage noch einmal. Er merkte ja, wie schockiert der junge Mann war. Seine Reaktion ist ganz normal, sagte Jan Berg sich. Er will es nicht wahrhaben. Der junge Mann verhielt sich völlig normal.

»Wann ich meine Frau zuletzt gesehen habe? Vor fünf Minuten. Sie ist im Bad und macht sich fertig. Heute geht es zum Leuchtturm. Für ein romantisches kleines Filmchen, das oben mit Blick aufs Meer gedreht wird. Simone? Kommst du mal bitte?«, rief er.

»Ja, Schatz. Bin gleich so weit.«

»Aber wie kommen Sie darauf, dass es meine Frau ist?«, wollte Daniel Hipp nun doch wissen.

Jan Berg war seiner Kollegin dankbar, die jetzt die Gesprächsführung übernahm. Frisch gestylt kam die Flitterwöchnerin aus dem Bad. Mit bewundernswerter Sachlichkeit informierte Bea die beiden über den Mord. Auch darüber, dass es sich bei dem Opfer angeblich um Simone Hipp handelte.

»Wie kommen Sie denn bloß darauf?« Simone sah sie mit schreckgeweiteten Augen an.

»Nun ja, die Frau sieht Ihnen sehr ähnlich. Jemand vom Fernsehteam hat diesen Verdacht bestätigt. Bei der Toten sind keine Papiere gefunden worden.«

Bea Bissick blätterte in ihren Handyfotos und zeigte Daniel das Foto der Toten. »Kennen Sie diese Frau?«

Daniel musste gar nichts sagen. Bea merkte ihm an, dass er die Frau kannte.

»Was ist denn eigentlich passiert?«

»Sie kennen sie also«, stellte Bea fest.

»Ja.«

»Dann sagen Sie mir bitte, um wen es sich bei der Toten handelt und in welchem Verhältnis Sie zu ihr standen.«

»Marlyn Beyer«, kam es tonlos über seine Lippen. »Bitte, kann ich mir eben was überziehen? Mir ist eiskalt.« Er nahm ein paar Sachen aus dem Schrank und verschwand damit ins

Bad. Simone blieb mit unbewegter Miene auf der Sessellehne hocken und drehte an ihrem Ehering.

»Können Sie uns etwas dazu sagen?«

Simone Hipp schüttelte den Kopf. »Nein. Ich habe sie nur einmal gesehen.«

Jan Berg ermutigte Simone weiterzusprechen, aus ihr war aber nichts mehr herauszubekommen. Von der frischen Ausstrahlung, die das Make-up ihr ins Gesicht gezaubert hatte, war nicht mehr viel übrig geblieben. Tief rutschte sie in den grauen Sessel, der sich nur um Nuancen von ihrer Hautfarbe unterschied.

Aus dem Waschraum hörte man Wasser plätschern. Es dauerte lange, bis Daniel wieder heraustrat.

»Marlyn«, begann er, »Marlyn war meine Freundin, bevor ich Simone kennenlernte. Also, meine Ex-Freundin. Wir waren fast vier Jahre zusammen. Aber wir hatten schon seit einiger Zeit arge Probleme. Es war kompliziert mit ihr.« Er drückte fest Simones Hand.

»Marlyn wollte sich mit der Trennung nicht abfinden. Gestern tauchte sie plötzlich hier auf. Irgendwie muss sie rausbekommen haben, wo ich bin. Sie wollte mit mir reden. Sie liebt mich noch immer und so weiter. Ich wollte es nicht hören und ich war auch nicht besonders freundlich zu ihr. Was würden Sie denn in so einer Situation machen? Ich weiß ja, wie empfindlich sie ist und dass sie gern mal überreagiert.«

»Und dann haben Sie mit ihr geredet? Und sich am Leuchtturm mit ihr getroffen?«

Daniel nickte.

»Waren Sie bei dem Treffen auch zugegen?«, fragte Bea seine Frau.

Sie nickte. »Ich bin aber im Auto sitzen geblieben.«

Jan und Bea wechselten einen Blick.

»War es Selbstmord?«, presste Daniel Hipp rau hervor. »Hat Marlyn einen Abschiedsbrief hinterlassen?«

»Wie kommen Sie auf Suizid?«, sagte Bea. »Wir gehen von einem Gewaltverbrechen, von Mord aus.«

»Nun ja, Marlyn liebte das Drama. Das war es letztendlich auch, was uns immer mehr entfremdet hat. Diese ewigen Szenen! Wenn ich mich nicht innerhalb von zwei Monaten scheiden lasse, hat sie gesagt, passiert ein Unglück.«

»Das ist ja nun auch eingetreten.«

Daniel Hipp schluckte. »Aber dass sie so weit gehen würde, das habe ich ihr nicht zugetraut. Ich kann es nicht glauben«, stammelte er. Er wirkte plötzlich sehr müde.

»Würden Sie uns jetzt bitte allein lassen«, sagte Simone. »Mein Mann braucht etwas Ruhe. Das muss er erstmal verarbeiten. Und ich auch.«

»Dafür haben wir natürlich Verständnis«, kam es ironisch von Bea Bissick. »Hat Marlyn allein gelebt, oder hatten Sie eine gemeinsame Wohnung? Wen müssen wir über ihren Tod benachrichtigen?«

»Wir haben zusammen gewohnt. Als sie aber von meiner Bewerbung für *Hochtied first* gehört hatte, gab es einen Riesenkrach. Sie hat ihre Sachen gepackt und ist vorübergehend bei einer Freundin untergekommen, bis sie etwas anderes gefunden hatte.« Daniel schrieb den Beamten die Adresse von Marlyns Eltern auf. Er war sich nicht sicher, ob ihre Eltern überhaupt von seiner Heirat mit Simone wussten.

»Geben Sie uns bitte auch Namen und Adresse der Freundin, bei der Marlyn vorübergehend gewohnt hatte«, bat Bea. Daniel nannte den Namen, die Adresse wusste er nicht. »Es wäre ganz super, wenn Sie uns eine Liste machen von den Personen, die mit Ihnen hier sind. Also Trauzeugen und so weiter.«

Daniel nickte und versprach, sein Bestes zu geben.

»Um welche Uhrzeit haben Sie sich denn gestern mit Marlyn getroffen?«, stellte Jan Berg eine letzte Frage.

»Das war am frühen Abend.«

»Das geht doch wohl etwas genauer! Um wie viel Uhr?« Der Inselpolizist verlor langsam die Geduld.

»So gegen halb neun.«

»Danke. Dann noch alles Gute für Ihre gemeinsame Zukunft.«

»Er ist seinem Typ treu geblieben«, sagte Bea trocken beim Verlassen des Hotels.

»Aber sowas von!«, bestätigte Jan Berg, dem die Ähnlichkeit auch sofort aufgefallen war. Daniels Ex und die neue Frau an seiner Seite hätten Schwestern sein können. »Schon komisch, dass man immer auf den gleichen Typ hereinfällt.«

»Sieh mal.« Bea zeigte auf eine Pferdekutsche, die um die Ecke bog. »Die wollen bestimmt auch zu den beiden.«

Das Gespann kam direkt vor dem Hotel zum Stehen. Eine gut aussehende Mittvierzigerin entstieg der Kutsche. Sie zupfte an ihrer Kleidung, strich sich eine Haarsträhne hinters Ohr, dann lief sie zielstrebig auf den Hoteleingang zu. Ein ebenso attraktiver Mann war mit an Bord. Der blieb beim Kutscher und unterhielt sich mit ihm über die Sehenswürdigkeiten, die man sich auf der Strecke zum Leuchtturm unbedingt ansehen sollte. Wie man unschwer an den weißen Blumenkränzen erkennen konnte, handelte es sich um eine Hochzeitskutsche.

»Wollen die da wirklich noch filmen? Nach allem, was geschehen ist?«, regte Bea sich auf. Ohne lange zu überlegen, ging sie auf den Mann zu, vermutlich war er der Chef.

»Sagen Sie mal, Sie können doch jetzt nicht zum Leuchtturm fahren und ein nettes Filmchen drehen, als wäre nichts geschehen?«

Fragend sah der Unbekannte sie an.

»Ist es denn noch nicht bis zu Ihnen vorgedrungen, dass am Leuchtturm ein Mord geschehen ist?«

»Ach wirklich? Und was haben wir damit zu tun?«

Bea versuchte cool zu bleiben und sich nicht provozieren zu lassen. Klar, er konnte ja nicht wissen, dass es eine Verbindung zwischen dem Opfer und Daniel Hipp gab. Sie schwieg und sah ihn herausfordernd an.

»Und Sie haben das zu entscheiden, was wir tun und lassen dürfen?«, fragte er von oben herab. »Mit wem habe ich denn das Vergnügen? Eine Polizeieskorte für die Hochzeitskutsche ist wirklich eine reizvolle Idee. Das werde ich gleich mit meiner Kollegin besprechen.« Er sah auf die Uhr, seine Augenbrauen zogen sich zusammen, finster sagte er: »Mein Gott, wieso dauert das wieder so lange? Hoffentlich muss Tess die zwei nicht wieder mental in die Spur bringen.« Er seufzte und sah erneut auf die Uhr. Anscheinend standen sie unter enormem Zeitdruck.

»Witzbold!«, zickte Bea und stellte sich dann als Hauptkommissarin Bea Bissick vor. »Bissick mit ck am Ende. Hauptkommissar Jan Berg und ich ermitteln in einem Mordfall unterhalb des Leuchtturms. Falls unsere Leute von der Spurensicherung noch nicht mit ihrer Arbeit fertig sind, können Sie Ihre kleine Filmromanze ganz schnell vergessen. Sind Sie eigentlich der Verantwortliche für diese Show? Oder wer?«

»Nein, das bin ich nicht. Die Leitung unterliegt meiner Kollegin Tess Andersen. Sie haben sie ja eben ins Hotel gehen sehen.« Er nickte in Richtung Eingang. »Würden Sie dann wohl die Güte haben und nachfragen, ob Ihre Leute am Leuchtturm fertig sind, Frau Hauptkommissarin? Andernfalls sehe ich mich gezwungen, spontan umzudisponieren.« Er schlug schon mal die Norderney-Karte auf.

Bea erwiderte nichts darauf. Sie entfernte sich ein paar Meter von der Kutsche und wählte Swantjes Nummer. Bei ihr war vor wenigen Minuten die Meldung eingegangen, dass der Tatort wieder freigegeben war. Außerdem hatte sie in Erfahrung gebracht, dass der geparkte Mini ein Leihwagen war. Sie hatte aber noch nicht herausbekommen, wer ihn als Letztes gemietet hatte.

»Sie können sich wieder abregen«, sagte Bea zu dem Schnösel. »Alles gut. Sie dürfen filmen. Was ist eigentlich Ihr Job, Herr …? Spielen Sie eine Filmrolle?«

»Mika Lundberg«, stellte er sich vor. »Tess und ich, wir sind die psychologischen Betreuer, die die heiratswilligen Paare auf ihrem Weg bis zum Traualtar begleiten und natürlich auch noch in den Flitterwochen. Hin und wieder haben wir ja auch mal ein Paar am Start, das sich nach der ersten Nacht einig ist, sich schnellstmöglich wieder scheiden zu lassen. Kommt aber so gut wie nie vor. Wir liegen mit unseren Matches ziemlich gut im Ranking. Man muss sich die Profile der Bewerber schon sehr genau ansehen, um zwei Menschen zu finden, die füreinander geschaffen sein könnten. Zusätzlich zu der wissenschaftlichen Auswertung. Unsere Trefferquote ist gigantisch.« Leidenschaftlich fing Mika an, über Partnerschaft, Beziehungen und Liebe zu philosophieren. Er liebte seinen Job und fand es ungeheuer spannend, das Kennenlernen der Paare, die durch ihn und Tess zusammengeführt worden waren, hautnah mitzuerleben. »Wenn es dann so weit ist, zittere ich jedes Mal mit ihnen. Ein Nein in letzter Minute kann man ja nicht ausschließen.«

Jan Berg hatte interessiert zugehört und zitierte nun seinen Lieblingsspruch: »Man kann den Menschen immer nur vor den Kopf gucken.« Wenn die Sendung wieder lief, wollte er sie mal gucken. Vielleicht könnte er ja auch auf diesem Weg seine Liebe finden.

»Wohl wahr, wohl wahr.« Mika erzählte noch ein paar Storys aus seinem Job.

Jan Berg fand es unglaublich spannend, was der Psychologe zu erzählen hatte. Zu gern hätte er ihm noch länger zugehört und Fragen gestellt, aber da kam die Chefin auch schon in Begleitung des jungen Paares aus dem Hotel.

Tess Andersen bedachte die uniformierten Beamten mit einem frostigen Blick. Zunächst ließ sie die Brautleute einsteigen, dann wandte sie sich den Ermittlern zu. »Wenn noch etwas sein sollte, dann wenden Sie sich bitte zuerst an mich. Verschonen Sie das frisch vermählte Paar mit Ihrer Fragerei. Die Hochzeit war für die beiden schon aufregend genug. Jetzt geht es darum, dass sie sich in ihren Flitterwochen näher kennenlernen und die Zeit miteinander genießen. Das wollen Sie ihnen doch nicht verderben?« Frau Andersen schien keine Antwort von den Beamten zu erwarten. Flink kletterte sie zu dem Kutscher auf den Bock, der die Zügel schon straff in der Hand hielt.

»Einen Moment, Frau Andersen!« Bea war noch nicht fertig. »Wie in einem Mordfall ermittelt wird, das entscheiden nicht Sie. Wen wir wann befragen, liegt in unserem Ermessen«, stellte Bea klar. Sie wünschte noch einen schönen Tag und viel Spaß am Tatort. Bea schnaubte und sah den Pferden hinterher, die mit gleichmäßigem Hufschlag lostrabten. »So eine arrogante Ziege. Und die will diplomierte Psychologin sein? Dass ich nicht lache.«

Kapitel 5

Bereits zum dritten Mal an diesem Tag legte Piet mit dem *Gretjemobil* die Strecke zum Leuchtturm zurück. Seine Miss Marple hielt ihn mit ihrer störrischen Art ganz schön auf Trab. Doch die Idee, noch einmal an den Tatort zurückzukehren, leuchtete ihm ein. Es war nicht mehr weit, vor ihnen trabte ein Pferdegespann mit Kutsche, dem sie schon eine ganze Weile folgten.

Gretje war besessen von der Idee, sich anzusehen, wie die Romanze, die sie ja im Fernsehen mitverfolgt hatte, gefilmt wurde. Diese Gelegenheit wollte sie aber auch nutzen, um an Informationen aus erster Hand zu kommen. Manuel Steins, der Taschendieb und Kabelträger, war ihr noch etwas schuldig. Die Idee dazu kam von ihren Jungs der SOKO Inselflitter. Anstatt Manuel Schmerzensgeld abzunehmen, sollte Gretje ihm einen Deal als Informant vorschlagen. Gretje war sofort begeistert davon. Den jungen Mann wollte sie sich sowieso noch einmal vorknöpfen. Aber sie hatte noch einen anderen Plan, dem Onno allerdings zustimmen musste.

Mit ihrem frechen Charme konnte sie Onno schließlich von der Notwendigkeit überzeugen, den jungen Mann in Zimmer Nummer fünf einzuquartieren. Es war ja gerade frei geworden, da Gretjes Nachbarin, dat Hanneken, Hanne Neumann, in letzter Minute abgesagt hatte, ihr war etwas dazwischengekommen. Onno Fokken hatte Gretje angedroht, den Bengel mit seinem Kabel von der Trommel am Dachfirst aufzuknüpfen, falls er etwas anstellte. Der alte Seebär glaubte sowieso nicht, dass der Handtaschenräuber mit seinem Opfer unter einem Dach schlafen wollte.

»Da vor uns in der Kutsche sitzt bestimmt das Liebespaar«, sagte Gretje. »Wo treibt sich eigentlich unser Inselfotograf herum? Der will doch bestimmt ein paar schöne Aufnahmen für das Inselblatt machen.«

Piet hatte nichts von dem, was sie gesagt hatte, verstanden. Der Wind wehte Gretjes Worte über das Dünengras hinweg.

Rings um den Leuchtturm drängten sich die Menschen. Piet stellte das Gretjemobil ab, dann schlenderten sie Arm in Arm auf den Leuchtriesen zu. Im krassen Gegensatz zu den Morgenstunden bot sich ihnen ein fröhliches, geschäftiges Bild. Die Kutsche war unterhalb des Wahrzeichens geparkt, ihr entstiegen gerade Daniel und Simone.

Gretje erkannte Manuel Steins schon von Ferne, er huschte schwer bepackt herum. Auch Ole Mattheis, der Inselfotograf, sprang geschäftig umher.

»Guck mal, da ist auch Ole«, sagte sie zu Piet, »ob der Sender ihn wohl engagiert hat?«

»Bestimmt. Einen Besseren können die ja gar nicht bekommen.«

Sie sahen dem Fotografen zu, der das junge Paar anleitete, wie sie posieren, lächeln oder wie sie schauen sollten. Das erste Shooting endete mit einem Kuss, im zweiten Durchgang durften noch andere Leute mit aufs Bild.

»Wahrscheinlich Verwandte oder Freunde«, vermutete die Hobbyermittlerin. »Die sollten wir uns näher ansehen.« Von ihrem Standpunkt aus hatten sie einen ungehinderten Blick auf das Geschehen. Gretje schoss ein Foto nach dem anderen, sie achtete nicht mehr auf ihren Freund, sondern nur noch auf die jungen Leute, die jetzt mit einem Glas Sekt anstießen. Eine elegante Frau kam immer wieder ins Bild, sie flüsterte den beiden etwas zu. »Vermutlich ist das die Chefin«, meinte Piet.

»Die würde ich gern kennenlernen. Aber wie stellen wir das am besten an?« Gretje hatte noch keine Idee, wie sie das anstellen konnte, momentan war es aber auch viel interessanter, alles zu beobachten.

»Guck mal da oben.« Piet zeigte zur Aussichtsplattform hinauf, von der jemand winkte. Die Chefin fummelte an ihrem Ohr, in dem ein Mikro steckte, dann klatschte sie in die Hände und winkte das Paar und eine Handvoll anderer Gäste in den Turm, dessen Eingangstor mit ineinander verschlungenen Kränzen dekoriert war. Aus der Ferne erklang ein Horn.

»War das ein Jagdhorn?«, fragte Gretje aufgeregt. »Wir müssen rauskriegen, wer das bläst. Wo ist denn mein Taschendieb?« Sie konnte ihn nirgends sehen, der junge Mann war wahrscheinlich mit seinem Filmteam auf dem Turm. »So'n Schiet aber auch. Der kann uns das vielleicht sagen.«

»Frag doch mal Ole. Der wird das auch wissen.«

Aber auch der Inselfotograf war im Turm verschwunden.

Gretje zoomte die Plattform heran, es gab aber nichts Interessantes zu entdecken.

»Glaubst du, dass der Hornbläser etwas mit dem Fall zu tun hat?«, fragte Piet.

»Ich weiß nicht, ist nur so eine Idee«, sagte sie. Von Onno wusste sie, dass es auf Norderney eine Jägerschaft gab. Es war gut möglich, dass ein Bläser davon engagiert worden war.

»Da komme ich nicht ganz mit«, sagte Piet. »Warum sollte ein Norderneyer Jäger diese Frau umbringen? Ein Jagdunfall war das bestimmt nicht. Oder bist du anderer Meinung?«

»Nee. Aber es muss ein vortrefflicher Schütze gewesen sein, der sie erschossen hat.«

Dem konnte Piet nicht widersprechen. »Vielleicht gehört der Bläser ja auch zu den Gästen des Paares?«

Sie hatten noch nicht viele Informationen, was die beiden betraf. Im Grunde genommen nur das, was sie am Abend zuvor im Fernsehen gesehen hatten. Unbedingt mussten sie sich die Wiederholung anschauen.

Während sie darüber nachdachten, behielten sie die Aussichtsplattform im Blick. Plötzlich erhoben sich weiße Tauben in die Luft, Gretje juchzte vor Begeisterung. Danach wehte der Wind rote Luftballonherzen in südöstliche Richtung.

»Guck mal, Piet, dat ist ja voll romantisch«, seufzte sie. Piet raunte ihr ins Ohr, dass er ihr so einen Luftballon schenken würde, falls sie jemals seine Braut werden wollte.

»Soll das ein Antrag sein?«, kiekste Gretje Blom und stupste ihn in die Seite. »Mit sowas macht man keine Scherze, mein bester, oller Freund.« Sie drehte sich zu ihm um und erschrak, als sie die Ermittler schnurstracks auf sie zukommen sah. Sie war gespannt, wie weit die Kommissare inzwischen gekommen waren.

»Das hätten wir uns ja denken können«, rief Bea Bissick ihnen zu. »Und? Ist es eine Traumhochzeit, wie sie im Buche steht?«, fragte sie ironisch.

»Das ist keine Traumhochzeit, sondern eine Albtraumhochzeit«, korrigierte Gretje. »Das müsste euch Inselsheriffs ja längst bekannt sein. Wer ist denn die Tote? Habt ihr das schon herausgefunden? Jedenfalls ist es nicht die Braut aus dem Fernsehen. Die steht nämlich da oben auf dem Turm mit ihrem Daniel. Die Leiche und die Braut sehen sich allerdings zum Verwechseln ähnlich.«

Piet nickte.

»Habt ihr außer Onno denn jetzt noch weitere Verdächtige? Oder habt ihr schon den Täter?«, fragte Piet bissig. Jan Berg und Bea zogen ein Gesicht, als hätten sie in eine Zitrone gebissen.

»Bei der Toten handelt es sich um die Ex-Freundin von Daniel Hipp«, plauderte Jan aus. Damit handelte er sich einen ärgerlichen Blick und einen schmerzhaften Seitenhieb seiner Kollegin ein.

Gretje grinste sich eins. Jan Berg hatte ihr soeben zu einem neuen Puzzleteilchen verholfen, das ein völlig neues Licht auf den Fall warf.

Gretje berichtete Bea Bissick von ihrer Beobachtung vor der Bäckerei, als sie das Liebespaar sah, das sie vom Fernsehen kannte. Es war doch nur logisch, dass die Tote eine andere Person sein musste.

»Das muss doch grauenvoll für Daniel und Simone sein, jetzt so tun zu müssen, als wäre nichts gewesen. Und nun da oben«, sie zeigte auf die Plattform, »verliebt in die Kamera zu lächeln. Mich würde das nicht wundern, wenn der Schuss nur ein Versehen war und die echte Braut treffen sollte.«

»Ein Versehen?«, fragte Jan Berg.

»Ja. Und das würde mich nicht wundern, wenn der Täter ein zweites Mal zuschlägt und die Doppelgängerin auch noch aus dem Weg räumt«, sagte Gretje, den Blick immer noch auf den Turm gerichtet. Nach und nach leerte sich die Plattform, das Spektakel neigte sich dem Ende zu.

»Wenigstens haben wir die Tatwaffe«, sagte Jan Berg.

»Mit der Onno angeblich auf kleine Mädchen schießt.«

»Nun reg dich mal nicht so auf, Gretje Blom«, versuchte die Hauptkommissarin die alte Dame zu beschwichtigen. »Wir müssen nun einmal jedem Verdacht nachgehen, auch wenn er noch so absurd ist. Schließlich lag der Revolver in seinem Fahrzeug.«

»Und was ist mit dem Leuchtturmwärter? Ist der nicht verdächtig? Die haben das Gretjemobil doch zusammen fertiggestellt«, fragte Piet. »Habt ihr den schon befragt?«

»Deshalb sind wir hier. Wir warten nur noch so lange, bis die mit ihrer Show fertig sind. Wir können uns auch nicht wirklich vorstellen, dass Onno mit dem Mord was zu tun hat«, sagte Bea entschuldigend. »Was macht denn deine SOKO, Gretje? Habt ihr etwas herausgefunden, das uns weiterhilft?«

Gretje schüttelte den Kopf. »Nee. Aber ich hab im Kopf mal verschiedene Szenarien durchgespielt. Einziger Anhaltspunkt ist der perfekte Schuss, mit dem der Mörder sie erledigt hat. Außerdem muss sich der Täter am Leuchtturm gut auskennen, es ist ja wohl just in dem Moment geschossen worden, als die Frau vom Lichtschein des Riesen angestrahlt wurde. Der Täter muss ein verdammt guter Schütze sein. Oder die Täterin.«

»Ach ja?« Bea hob eine Augenbraue. »Wie konntest du das denn feststellen?«

»Mit einem einzigen Schuss einen Menschen zu erlegen, setzt Erfahrung voraus. An der Leiche war jedenfalls nur ein Einschuss zu sehen«, sagte Gretje. »Oder hat die Obduktion etwas anderes ergeben?«

»Das abschließende Ergebnis liegt uns noch nicht vor«, sagte Jan Berg. »Danke für die Info. Bea, dann wollen wir mal.« Er zeigte in die Richtung, aus der die Menschen aus dem Leuchtturm strömten, und ging mit seiner Kollegin hinüber zu Knut. Gretje hielt wieder Ausschau nach dem diebischen Kabelträger.

»Da kommt ja der Handtaschenräuber.« Eilig bewegte sie sich auf den jungen Mann zu. Als sie ihn erreicht hatte, hielt sie ihm eine Butterbrotdose unter die Nase und meinte, er habe eine kleine Stärkung verdient.

»Wie? Für mich?« Manuel war so perplex, dass er wieder leicht stotterte.

»Hast doch bestimmt Mordshunger, mien Jung. Und genug Geld, um essen zu gehen, hast du ja nicht.«

Gierig griff er nach der Stulle und verschlang sie mit wenigen Bissen. Gretje hielt auch noch eine Flasche Wasser bereit, die er gurgelnd in sich hineingoss. Die zweite Stulle verputzte er ebenso schnell, mit einem lauten Rülpser beendete er dann die Essenspause.

»Wenn du auch noch eine warme Mahlzeit für umsonst haben willst, dann komm man nachher in die Friesenrose«, bot Gretje Blom ihm an. Sie gab ihm die Adresse und drohte, falls er nicht vorbeikäme, den Diebstahl doch noch anzuzeigen. Piet stand mit ernster Miene dabei und nickte, als Manuel ihn unschlüssig ansah.

»Wenn Gretje dir das anbietet, ist es besser, auf sie zu hören. Andernfalls ist Ärger garantiert.«

»Okay. Ich komm dann so gegen sechs. Muss mich vorher noch nach einem billigen Quartier umsehen.«

»Wieso das denn? Du hast doch eins mit den anderen Männern vom Fernsehteam. Oder nicht?«

»Nicht wirklich. Ich muss mir das Bett mit der Schnarchnase da drüben teilen. Das ist nicht zum Aushalten. Habt ihr zufällig 'nen guten Tipp, wo ich für zwanzig Euro übernachten kann?«

»Vielleicht«, machte Gretje ihm Hoffnung. »Ich kenn da jemanden, der eigentlich nicht vermietet. Aber wenn ich ein gutes Wort für dich einlege, dann könnte das klappen. Aber nur unter der Bedingung, wenn du mir sagst, wer vorhin das Jagdhorn geblasen hat. Das weißt du doch bestimmt?«

»Das Jagdhorn? Wahrscheinlich einer aus dem Bekanntenkreis des Pärchens«, sagte Manuel. »Das mit dem Bläser kriege ich heraus. Garantiert! Mensch Gretje, das wäre ja mega. Ich mach auch keine Umstände und ich nehm auch nichts mit.«

»Das kann ich dir versprechen, dass du nicht noch einmal etwas mitgehen lässt. Da passt unser Onno schon drauf auf.«

Kapitel 6

»Die Aufstellung hätte ich gern heute noch bis achtzehn Uhr!«, sagte Bea.

»Wir haben aber noch viele Termine«, warf Simone ein. »Das müssten Sie mit Frau Andersen besprechen.«

»Sie weiß Bescheid. Immerhin geht es hier um die Aufklärung eines Mordes. Und morgen Vormittag sind Sie zum Verhör auf dem Polizeirevier eingeladen. Auch das haben wir mit Frau Andersen abgesprochen.« Bea gab dem Paar ihre Karte, auf der sie die Uhrzeit fett markiert hatte. »Also, dann bis morgen um zehn auf der Polizeiwache.«

»Die hast du aber ganz schön eingeschüchtert«, sagte Jan Berg, als die Kutsche losgefahren war. »Dann lass uns mal hören, was der olle Knut uns zu sagen hat.«

Der Leuchtturmwärter freute sich, Jan Berg wieder einmal zu sehen. Schließlich kannte man sich untereinander. »Und dat ist die neue Kommissarin aus der Großstadt?«

»Moin. Hat sich wohl schon rumgesprochen. Hauptkommissarin Bea Bissick. Bissick mit ck am Ende«, stellte sie sich vor. Der olle Knut machte auf sie einen netten, vertrauenerweckenden Eindruck, der gemütliche Typ. Aber wie Jan zu sagen pflegte, konnte das natürlich auch täuschen.

»Dann erzählen Sie uns doch mal, wie lange Sie gestern Abend noch hier waren und was Sie gemacht haben.«

Knut überlegte kurz. Dann erzählte er, dass sein guter Kumpel Onno Fokken ihm mitgeholfen hatte, den Backsteinriesen für das Fernsehen hübsch zu machen. »Und außerdem haben wir auch noch an dem Rad rumgeschraubt, als der Turm fertig war.«

»Und wann war das?«

»So genau weiß ich das nicht mehr. Die Sonne ging gerade unter. Dann sind wir wieder runter und haben gewerkelt.

Hab ja ’nen anständigen Scheinwerfer hier unten in meiner Werkstatt, damit wir auch was sehen konnten.«

»Gut. Und als ihr in der Werkstatt wart, habt ihr da etwas Verdächtiges gehört oder gesehen? Denk mal scharf nach«, sagte Jan Berg.

»Wie lange habt ihr denn an dem Gretjemobil gebastelt?«, fragte Bea.

»Nu mal langsam, Kinners. Was soll ich denn nun zuerst beantworten? Also, mal der Reihe nach.« Der Leuchtturmwärter setzte sich auf eine Bank und stopfte sich ein Pfeifchen. »Na ja, manchmal treffen sich hier verliebte Pärchen unterm Turm. Und ich will auch gar nicht wissen, was die alles machen außer Händchen halten. Gestern sind auch ein paar Leute da gewesen. Aber wenn man so ganz inne Arbeit vertieft ist, dann kriegt man das ja gar nicht alles mit. Das war ja auch man ganz schön laut bei uns, wir hatten die neue CD mit dem Norderneyer Shanty-Chor eingelegt.«

»Also ist dir nichts Ungewöhnliches aufgefallen?«

»Nee.«

Enttäuscht fragte Jan noch einmal nach. »Hast du denn nicht mal einen Schuss, einen Knall gehört?«

»Nur ein Geräusch, wie von einem Sektkorken. Das war schon spät. Da waren wir so gut wie fertig. Onno wollte nur noch den Namen *Gretjemobil* auf das Rad pinseln.« Knut paffte ein Rauchwölkchen in die Luft. »Ich hab in der Zeit schon mal das Werkzeug weggeräumt, danach sind wir noch zu mir nach Hause, auf ’nen Absacker.«

»Knut«, sprach Bea ihn nun an, »denken Sie nochmal scharf nach, wie spät das war. Ist es eigentlich möglich, unbemerkt auf den Turm zu kommen?«

»Mensch, Frollein Kommissarin, wat du aber auch alles von ’nem alten Mann wissen willst.«

»Ist Ihnen eigentlich klar, dass Sie zum Kreis der Verdächtigen gehören?«

Knut verschluckte sich an dem inhalierten Rauch und fing mächtig an zu husten. »Wollen Sie mir etwa 'nen Mord unterschieben, Frollein?« Er tippte sich an die Stirn. »Jan, nun sag doch mal was.«

Jan Berg zuckte mit den Schultern und sagte entschuldigend, dass sie jedem Hinweis nachgehen müssten.

»Auf meinen Turm, da kommt keiner unbemerkt drauf. Onno und ich, wir haben ja direkt hier vorm Eingang gesessen. Was soll die Frage überhaupt? Glaubt ihr, der Täter hat von da oben geschossen? Und ist dann unbemerkt geflüchtet?« Knut klopfte seine Pfeife aus. »Wollt ihr noch 'ne kleine Sonderführung?« Knut sah Bea breit grinsend an. »Falls das Frollein Hauptkommissarin genug Puste hat für die vielen Stufen.«

»Und ob ich die habe. Das wollen wir doch mal sehen.«

Bea Bissicks sportlicher Ehrgeiz war geweckt, sie nahm immer zwei Stufen auf einmal, die alten Männer hatte sie schnell abgehängt. Oben angekommen drehte sie eine Runde auf der Plattform, bevor Jan Berg und der Leuchtturmwärter schnaufend ankamen. Bea suchte mit den Augen den Boden ab, aber da lag nicht mal das kleinste Fitzelchen Papier herum. Für einen Augenblick genoss sie die Aussicht, sog tief die frische Luft ein und heftete ihren Blick dann auf die Stelle, wo die Ermordete gelegen hatte. Von hier oben sah alles winzig klein aus. Sie kniff die Augen zusammen, so wie sie es auch bei Schießübungen machte. Sie kam zu der Erkenntnis, dass ein Schuss ins Herz aus dieser Entfernung unmöglich war. Genau so wie unbemerkt hinauf und wieder hinunter zu kommen. Dass der Täter von hier aus geschossen hatte, konnten sie ausschließen.

Als sie wieder unten waren, ließen sie sich noch die Stelle zeigen, wo Onno und Knut das Gretjemobil abgestellt hatten. Das war auf der gegenüberliegenden Seite vom Fundort der Leiche, auf dem Weg zum Parkplatz.

»Da hat der Täter aber Schwein gehabt, so ein tolles Versteck zu finden und Unschuldige mit hineinzuziehen«, sagte die Hauptkommissarin.

»Wir sollten uns bei Onno entschuldigen«, schlug ihr Jan Berg vor.

Nach dem Abstecher zum Leuchtturm fuhren die Ermittler zurück ins Revier. Unterwegs holten sie sich noch schnell einen kleinen Imbiss, den sie in der Amtsstube vertilgten. Swantje war beleidigt, weil die Kollegen nicht an sie gedacht und ihr auch etwas zu essen mitgebracht hatten.

»Zum Glück hab ich noch ein Stückchen Kuchen im Kühlschrank«, sagte sie und setzte dem Fischbrötchenduft den von süßem Butterkuchen mit Vanillecreme entgegen.

»Was gibt's denn Neues?«, fragte Bea kauend. »Ist der Revolver schon untersucht worden? Wie weit sind die Kollegen mit der Obduktion?«

Jan Berg wollte noch wissen, ob sie von Onno etwas erfahren hatte.

»Hmpf«, mampfte Swantje. »Auf der Pistole, äh, nein«, unterbrach sie sich, »es ist ja ein Revolver, eine Smith & Wesson, sind unterschiedliche Fingerabdrücke festgestellt worden. Ich tippe auf die Senioren-WG. Würde mich wundern, wenn noch weitere Fingerabdrücke drauf sind. Es fehlen zwei Schuss. Einer davon war der tödliche.«

»Gut.« Bea runzelte die Stirn. »Der andere hat sich gelöst, als Gretje Blom die Waffe in der Hand hatte. Piet hat mir die restliche Munition mit dem Revolver zusammen übergeben.«

»Der Schuss muss aus nächster Nähe abgegeben worden sein. Schmauchspuren sind nicht vorhanden.«

»Wieso reden wir eigentlich immer von einem Täter? Es könnte doch auch eine Frau gewesen sein«, unterbrach Bea die junge Kollegin.

»Ist gut möglich. Hast du einen Verdacht, Bea? Vermutlich ist mit Schalldämpfer geschossen worden«, sagte der Hauptkommissar. »Onno und Knut haben ja nichts gehört.«

»Hm.« Bea nickte. »Wir sollten uns die frischgebackene Braut mal näher ansehen. Ein Motiv hätte sie ja.«

»Ah«, rief Swantje Robben unvermittelt. Sie hatte sich wieder hinter ihren Computer zurückgezogen und las die Mails. »Wir haben den Todeszeitpunkt. Der Schuss muss zwischen zweiundzwanzig und vierundzwanzig Uhr gefallen sein, schreibt die KTU. Und dann ist hier auch noch eine Nachricht für dich, Bea, von einem Daniel Hipp.«

»Na also, geht doch«, freute Bea Bissick sich. »Swantje, kannst du uns die Liste gleich einmal ausdrucken?«

Die Namen waren schnell überflogen. Daniel Hipp hatte sogar die Leute vom Sender mitaufgeführt. »Was schlägst du vor, Bea? Wo fangen wir an?«

»Mit Daniel und Simone. Die haben uns bestimmt einiges zu sagen.« Jan Berg erinnerte aber daran, dass sie erst am nächsten Tag angehört werden sollten. »Anschließend befragen wir die anderen. Oh, ich sehe gerade, es sind nur die Eltern der Braut und eine Freundin von ihr dabei. Bei ihm ist es der Freund, der auch sein Trauzeuge war.«

»Swantje, nimm du die Personen auf der Liste vorab schon mal unter die Lupe. Und check auch, wer von denen einen Waffenschein hat«, sagte Jan Berg.

»Wird gemacht Chef.«

Kapitel 7

Gretje Blom hoffte sehr, dass der junge Kabelträger etwas beobachtet oder gehört hatte, das ihnen weiterhalf. Auch mit Ole Mattheis wollte sie noch einmal sprechen, obwohl es unwahrscheinlich war, dass er zufällig zur Tatzeit am Tatort gewesen war. Ausschließen konnte sie es aber nicht, da der Leuchtturm von Norderney eines seiner Lieblingsmotive war, das er immer wieder ablichtete.

Als sie von ihrem Ausflug zurück in der Friesenrose waren, hatte Onno alles für eine ostfriesische Teestunde vorbereitet. Wahrscheinlich lenkte er sich damit von dem Vorwurf ab, er könne etwas mit dem Mord zu tun haben. Leon war auch da, er hatte seine Freundin Ida mitgebracht. Gretje strahlte. Sie mochte Ida, außerdem arbeitete sie in dem Teeladen, der bekannt war für den neuesten Inseltratsch.

»Was wird denn bei euch im Laden so erzählt?«, fragte Gretje sie auch sofort. »Leon hat dir ja sicher von dem Mord unterm Leuchtturm berichtet und auch, dass Onno unter Verdacht steht.«

Ida machte eine wegwerfende Handbewegung. »Das wird sich schnell aufklären, dass Onno damit nichts zu tun hat.« Sie sah den alten Seebären freundlich an. »Aber die Frage, wie die Tatwaffe in das Gretjemobil gekommen ist, ist schon berechtigt. Meinst du nicht auch?«

»Das würde ich ja selbst gern wissen«, sagte Onno. »Knut und ich haben sie jedenfalls nicht hineingelegt. Wir haben ein Alibi. Wir waren gestern den ganzen Abend zusammen.«

»Am Tatort«, bemerkte Gretje trocken.

»Und was sollten wir denn für ein Motiv haben?«, grummelte er.

»Übrigens, ich habe die Frau, die ermordet worden ist, vor ein paar Tagen noch bei uns im Laden bedient«, platzte Ida heraus. »Ich kann mich genau an sie erinnern, weil ich so neugierig war und sie gleich gefragt hab, ob sie die Braut aus der Fernsehshow ist. Darüber sind wir dann ins Gespräch gekommen.«

»Hammer! Was hat sie denn dazu gesagt?« Gretje und ihre Jungs waren ganz Ohr.

»Nun, sie war etwas verlegen. Ich dachte, das hängt mit dem ganzen Rummel zusammen, der um die Sendung gemacht wird. Aber dann hat sie den Kopf geschüttelt und mit Tränen in den Augen gesagt, dass sie es leider nicht ist.«

»Und weiter?«, drängte Gretje.

»Ich hab ihr einen Tee angeboten, war ja gerade nicht viel los im Laden. Und einen Sanddornhappen. Und dann hat sie mir erzählt, sie ist die ehemalige Freundin von diesem Daniel und war mit ihm so gut wie verlobt. Nicht offiziell, aber sie waren schon lange zusammen und ihre Eltern konnten es kaum erwarten, dass sie Großeltern wurden. Ach, und dann fing sie wieder an zu weinen. Sie sagte, sie wäre extra nach Norderney gefahren, weil sie noch einmal mit Daniel reden wollte.«

»Was wollte sie denn von ihm? Hat sie das gesagt?«, fragte Leon.

»Nein. Nicht direkt. Ich nehme an, sie wollte ihn dazu bringen, die Hochzeit mit Simone rückgängig zu machen. Innerhalb einer bestimmten Frist ist das ja möglich. Es sollte eine Überraschung für ihn werden, sie hatte sich auch schon den Treffpunkt überlegt. Mir ist dann eine Bemerkung über die Ähnlichkeit zwischen Simone und ihr rausgerutscht, das hätte ich mal lieber gelassen. Sie wurde richtig wütend und hat Daniel übelst beschimpft. ›So ein Mistkerl‹ war noch das Harmloseste. Für Marlyn war eine Welt zusammengebrochen. Sie hatte ihre Zukunft mit ihm geplant und dann hat er sie aus einer Laune heraus abserviert.«

»Also, ganz ehrlich, der tickt doch auch nicht ganz richtig«, sagte Piet.

»Wechselt die eine gegen eine andere aus, ohne sie überhaupt zu kennen.« Onno verstand die Welt nicht mehr. »Wenn dat Wicht denn wenigstens anders aussehen würde. So von der Figur und überhaupt.«

»Aus einer Laune heraus? Was soll das denn heißen?«, fragte Piet.

»Das weiß ich auch nicht. Das waren ihre Worte. Sie meinte, dass er sich von ihren Eltern und den Freunden unter Druck gesetzt gefühlt hat von wegen Heiraten. Dann hat sie mir auch noch Fotos gezeigt, wo sie als glückliches Paar drauf zu sehen waren. Die wirkten ganz harmonisch. Das letzte Foto war allerdings der Hammer.« Ida zögerte einen kurzen Moment. »Es war ein Ultraschallbild. Sie sagte, dass sie in der dreizehnten Woche ist. Daniel hatte sie noch nichts von der Schwangerschaft gesagt. ›Drück mir die Daumen, dass er doch noch zur Vernunft kommt‹, sagte sie noch, als sie ging.«

»Oh Gott, oh Gott«, seufzte Gretje. Diese Neuigkeit hatte es in sich. »Das ist ja grausam. Also, wenn ihr mich fragt, dann ist das jemand aus dem Verwandten- oder Freundeskreis gewesen.«

»Oder ihr Ex, dieser skrupellose Hund«, knurrte Piet aufgebracht. »Was ist der eigentlich von Beruf, dieser Hallodri? Weiß das einer?«

»Nee«, kam es aus der Runde. Aber Ida fiel dann doch noch eine Bemerkung von Marlyn ein. »Ich glaube, sie hat gesagt, er ist Förster.«

Gretje Blom löffelte Sahne in die Teetasse mit dem Rosenmuster und sah dem Wölkchen zu, wie es sich in dem Ostfriesentee ausbreitete.

Nach der meditativen Versenkung in ihre Teetasse ging ein Ruck durch die kleine Person. »Das heißt jedenfalls, dass er einen Waffenschein hat. Der wird aber auf seiner Hochzeitsreise keine eigene Waffe mitgenommen haben. Das kann ich mir nicht vorstellen.«

Der SOKO Inselflitter glühten die Köpfe, so angestrengt dachten sie nach. Sie sprachen über alles, was ihnen in den Sinn kam. Streichen konnte man ja hinterher immer noch genug. Einiges war an den Haaren herbeigezogen, aber nicht alles, und dem wollten sie nachgehen. Die Eltern des Paares wurden verdächtigt, sogar auch die von Marlyn.

»Es ist doch möglich, dass Marlyns Vater Daniels Neue beseitigen wollte, oder etwa nicht?«, sagte Piet.

»Und versehentlich hat er dann seine eigene Tochter erschossen«, spann Gretje die Idee weiter. »Dann wird der aber seines Lebens nicht mehr froh. Was würdet ihr denn in so einer Situation tun? An seiner Stelle? Würdet ihr euch stellen und sagen: ›Ich habe aus Versehen mein Kind erschossen, eigentlich wollte ich jemand anderes treffen‹?«

Keiner sagte etwas. Sie glaubten nicht, dass es so gewesen sein konnte. Das waren wohl Hirngespinste.

»Dann sollten wir schnellstens herausfinden, wer von denen alles auf der Insel ist. Hat schon einer 'ne Idee, wie wir das denn am besten anstellen?«, fasste Leon zusammen.

»Jaa«, sagte Gretje gedehnt. »Ich hoffe auf den Kabelträger. Hoffentlich hat der sich das nicht anders überlegt. Ihr seid also auch der Meinung, dass der Täter aus dem Bekanntenkreis kommt, aus dem von Daniel, Simone und Marlyn?«

»Aber mal angenommen, das war ganz anders«, sagte Onno nach einer Weile. »Was wäre denn, wenn Marlyn selbst die Pistole mitgebracht hat und kurzen Prozess machen wollte, wenn er nicht so will wie sie?«

»Mensch Onno«, sagte Gretje anerkennend. »Stimmt. So könnte es auch gewesen sein. Marlyn hatte die Waffe bei sich. Sie hat auf ihn eingeredet, ihn angefleht, sich um des

Kindes willen sofort scheiden zu lassen«, sagte Gretje und malte die Szene weiter aus. »Daniel war nicht umzustimmen. Da hat sie die Pistole gezogen und ihn bedroht. Aber er war schneller, hat ihr die Waffe aus der Hand gerissen und dem Drama ein Ende gesetzt.«

»Puh! Gretje, du kommst aber auf verrückte Ideen«, meinte Onno. »So könnte es allerdings gewesen sein. Aber woher hatte sie die Waffe?«

»Vielleicht war es seine«, dachte Piet laut. »Wenn Marlyn noch einen Schlüssel zu seiner Wohnung hatte, dann konnte sie hinein. Sie wusste dann auch, wo er seine Gewehre und Pistolen verwahrte.«

»Weiber«, brummte Onno.

Als es klingelte, diskutierte die SOKO Inselflitter immer noch den Fall. Gretje sprang sofort auf. Ihr Angebot an den Handtaschenräuber hatte sie schon wieder ganz vergessen. Doch nun war er da und machte einen ausgehungerten und völlig erschöpften Eindruck.

»Steht das Angebot noch? Mit dem Essen?«, fragte er als Erstes.

»Klar! Es gibt Spaghetti Bolognese, die sind gleich fertig. Das magst du doch bestimmt. Komm rein, wir haben noch mehr Besuch.«

Verängstigt fragte Manuel: »Ist das eine Falle?«

Gretje grinste und beruhigte ihn. »Sind ja nicht alle so durchtrieben wie du. Die Bullen kommen erst später, wenn wir mit dem Essen fertig sind.« Das sollte ein Scherz sein, den er aber nicht verstand. Der Junge bekam schon wieder Panik und machte Anstalten zu flüchten.

»War'n Witz. Sind alles Freunde von mir. Der große Kerl mit dem Ringelshirt ist der Hausherr. Wenn du dich anständig benimmst, kannst du in der Friesenrose bleiben, solange ihr noch mit den Dreharbeiten beschäftigt seid.«

Manuel schlurfte durch den Flur in die Stube. »Moin«, begrüßte er die Anwesenden. »Hab gehört, ich kann hier übernachten.« Er sah zu Onno hin. Als er merkte, dass er von ihm eingehend gemustert wurde, senkte er sofort den Blick. »Hm«, knurrte Onno. »Wenn du uns dabei hilfst, den Mörder zu fassen, bist du hier willkommen.«

»Was soll ich? Wie das denn? Dafür ist doch die Polizei zuständig.«

»Wir hätten da schon eine Idee. Du warst von Anfang an bei der Sendung dabei. Oder etwa nicht?« Manuel nickte. »Dann weißt du mit Sicherheit mehr als wir. Du kannst uns doch bestimmt sagen, wen du alles am Leuchtturm gesehen hast.« Onno erhob sich und kam mit seiner Hausordnung wieder, die Manuel unterschreiben sollte. Dann ließ er ihn den Meldebogen ausfüllen und kontrollierte, ob die Daten mit seinem Ausweis übereinstimmten. »Na denn. Willkommen in der Friesenrose.«

»Ich bin total ausgehungert. Kann ich mir das Zimmer kurz ansehen? Oder ist es ein Kellerloch, in das ihr mich einsperren wollt?«

Leon zeigte dem Jungen das begehrte Zimmer Nummer fünf, seine Miene erhellte sich sichtbar. Manuel stellte seine Tasche ab und fragte, ob er noch Zeit hätte, vor dem Essen zu duschen. So verschwitzt wollte er sich nicht zu ihnen an den Tisch setzen.

»Passt schon, wenn du dich beeilst. Zwanzig Minuten?«

Er zog sich schon seinen Pulli aus. »Ich helfe euch. Versprochen. Ich tu alles, was ihr wollt, wenn ich nur hierbleiben kann.«

Kapitel 8

Nach dem Abstecher zur Polizeiwache waren die Ermittler unterwegs zur Friesenrose, um mit Onno zu reden. Sie wollten sich unter anderem für ihre Verdächtigungen entschuldigen.

Bea hielt die Entschuldigung für überflüssig. »Reine Zeitverschwendung. Ich denke, wir sollten zunächst einmal mit den Eltern von Marlyn sprechen. Du hast sie doch noch nicht informiert?«

»Das überlasse ich gern dir«, sagte Jan Berg. Er hasste es, schlechte Nachrichten zu überbringen, noch dazu am Telefon. »Was meinst du, ob sie ihren Eltern von ihrem Inselausflug erzählt hat?«

»Gut möglich. Meine Tochter würde mir das bestimmt erzählen. Glaube ich jedenfalls. Sicher kann man sich da natürlich nicht sein. Wenn ich Marlyns Mutter wäre, ich glaube, ich hätte mir den jungen Mann vorgeknöpft und ihm ins Gewissen geredet. Oder aber mit meiner Tochter zusammen Rachepläne ausgeheckt«, sagte sie zu Jan. »Das Gespräch will ich wohl übernehmen.«

»Echt?«

»Ja, sicher. Das hab ich drauf, auch wenn's nicht besonders toll ist.«

»Äh. Ich meinte das mit den Racheplänen.«

Bea lachte auf. »Glaub schon. Aber das wäre dann das erste Mal. Du kannst mir glauben, uns würden richtig böse Sachen einfallen.« Beas Mimik ließ keinen Zweifel daran. »Das Telefonat erledige ich wohl besser im Büro. Kommst du mit, oder willst du schon vorgehen zur Friesenrose?«

Jan Berg überlegte nicht lange, es war ihm sehr recht, allein vorauszugehen. Er wollte in aller Ruhe mit Gretje Blom sprechen. Bea ermahnte ihn noch schnell, bloß keine Interna auszuplaudern, sondern der Hobbyermittlerin lieber auf den

Zahn zu fühlen und herauszufinden, ob sie ihnen mit ihrer Schnüffelei wieder eine Nasenlänge voraus war.

Swantje Robben schaute verwundert auf, als die Hauptkommissarin schon wieder zurück war. »Habt ihr was vergessen?«, fragte sie.

»Nein. Muss nur ungestört telefonieren.«

»Ah, verstehe.«

»Nein. Nicht, was du denkst.«

»Was denke ich denn?«

»Schon gut, Swantje. Ich muss mit den Angehörigen des Opfers sprechen und ihnen die traurige Wahrheit überbringen. Das ist alles. Ich verziehe mich in mein Büro und will nicht gestört werden.«

Wie immer vor solchen Gesprächen atmete Bea bewusst ein und aus. Die Methoden aus der Atementspannung halfen ihr, sich zu konzentrieren und die nötige Ruhe auszustrahlen. Nach einem Schluck Wasser wählte sie die Nummer von Familie Beyer. Marlyns Mutter war am Apparat.

Bea redete nicht lange um den heißen Brei herum. Mit wenigen Worten erzählte sie, was geschehen war, und sprach Marlyns Mutter ihr Beileid aus. Sie hätte ihr gern noch ein paar Fragen gestellt, das war aber nicht möglich. Frau Beyer brachte nach der schrecklichen Nachricht keinen zusammenhängenden Satz mehr heraus.

»Ist Ihr Mann zu Hause?«, fragte Bea in der Hoffnung, von ihm etwas mehr über die Verstorbene zu erfahren.

»Nein. Der ist nicht da.«

Bea gab der Frau ihre Telefonnummer mit dem Versprechen, sie jederzeit anrufen zu dürfen.

Anschließend holte sie sich bei Swantje einen Kaffee ab. Bea war äußerst unzufrieden mit dem Verlauf der Ermittlungen. Noch immer hatten sie keinen Anhaltspunkt, sie steckten fest.

Gefrustet machte sie sich über die Schreibtischschublade her, in der ein Notfall-Müsliriegel lag. Davon versprach sie sich neue Power. Aber sie suchte noch etwas anderes. Weit hinten in der Schublade lag ein Stapel quadratischer Papierblätter. Bea tat das, was sie lange nicht mehr gemacht hatte, aber das half ihr in schwierigen Fällen weiter. Sie legte ein Blatt vor sich auf den Schreibtisch und fing an, den Bogen konzentriert zu falten. Mit wenigen Kniffen hielt sie wenig später einen Kranich in der Hand. Bea Bissick konnte es also immer noch, sie hatte es nicht verlernt. Sie sah den Origamivogel lange an, schob ihn von rechts nach links über die Schreibunterlage und dachte laut nach.

»Ja«, sagte sie abschließend. »Daniel Hipp, du bist mein Mann. Dich kriege ich!« Sie setzte den Papiervogel auf die Tastatur, lächelte und verließ ihr Büro mit dem guten Gefühl, zu wissen, wer der Täter ist. Vielleicht sollten sie mit der Befragung des Verdächtigen nicht mehr bis zum nächsten Tag warten, sondern ihn heute noch festnehmen. Sie sagte Swantje Robben Bescheid, dass sie sich jetzt in der Friesenrose mit Jan Berg treffen wollte.

»Hey, Bea, warte mal. Ich kann dir sagen, wer alles einen Waffenschein von denen auf der Liste hat.«

»Super! Dann lass mal hören.«

»Du wirst staunen.«

»Nun sag schon.« Bea verdrehte genervt die Augen. Musste die Kollegin es immer so spannend machen?

»Daniel Hipp«, fing Swantje an, aufzuzählen. Sie machte eine Sekundenpause und zählte dann weiter auf: »Seine Frau Simone. Und auch unser Opfer, Marlyn Beyer. Was sagst du dazu?«

»Erstaunlich. Wie kommt das?«

»Also, das ist so: Daniel ist von Beruf Förster. Seine Fernsehbraut ist Sportschützin, sie war sogar schon einmal Schützenkönigin.«

»Interessant. Und Marlyn?«

»Die ist, äh … war Triathletin. Ich sag's ja immer: Sport ist Mord.«

»Prima. Das macht es uns aber auch nicht leichter. Auf wen ist denn die Tatwaffe zugelassen?«

»Bin noch dran. Ich melde mich, sobald ich es weiß.«

Bea rief ihren Kollegen an und sagte Bescheid, dass sie unterwegs zur Friesenrose war.

***

Bea machte einen kleinen Schlenker über die Strandpromenade, sie wollte Wind und Meeresrauschen auf sich wirken lassen und überlegen, wie sie den Täter überführen könnte.

Als sie an der Milchbar vorbeikam, sah sie Tess Andersen mit ihrem Kollegen hinter der Glasfront sitzen. Sie lümmelten mit einem Cocktail in der ersten Reihe in den Loungesesseln und schwiegen sich an. Beide waren mit ihren Handys beschäftigt, zwischendurch zeigten sie sich etwas auf dem Display. Die Ermittlerin überquerte die belebte Außenterrasse und ging zu Frau Andersen und Mika. Die Experten von *Hochtied first* bemerkten sie erst, als Bea sie ansprach. Bea hatte schon ein Weilchen hinter ihren Sesseln gestanden und sie beobachtet. Gern hätte sie sich auch einen Cocktail genehmigt, aber das musste warten. Der Täter lief immer noch frei herum. Schon jetzt freute sie sich auf einen Drink, wenn sie ihn endlich hatten.

»Schönen Feierabend«, wünschte Bea. Erschrocken sahen die Experten auf und legten ihre Mobiltelefone hastig zur Seite. »Ich wünschte, ich könnte auch Feierabend machen und mir einen Cocktail genehmigen«, fing Bea die Konversation an. »Ist das junge Glück auch hier? Oder wird heute nicht mehr gefilmt?«, fragte Bea unverfänglich. Rein zufällig hatte sie mitbekommen, auf welchen Seiten die beiden unterwegs waren.

»Ich wüsste nicht, was Sie das angeht«, schnippte Tessa Andersen.

»Wirklich schade, dass keine Sitzplätze mehr frei sind. Wir würden Sie sonst gern auf ein Getränk einladen«, sagte Mika und hob bedauernd die Schultern. »Sie verstehen, wir müssen auch mal abschalten. Nach diesem schrecklichen Mord ist das auch für uns nicht gerade leicht. Der heutige Tag war grausam für uns alle.«

»Wie meinen Sie das?«

»Na ja«, antwortete er leise, »ich sehe vielleicht nicht so aus, aber mich lässt es nicht kalt, eine Liebesszene filmen zu müssen mit dem Tatort im Blick.«

Bea nickte. Trotz des Geräuschpegels hatte sie ihn verstanden. Man musste sich fast anschreien, wenn man sich verständigen wollte. Oder aber mit seinem Gesprächspartner flüstern. So nah wollte Bea den beiden denn doch nicht kommen. Sie wünschte einen schönen Abend und verabschiedete sich schnell wieder. Als sie ging, erinnerte sie noch einmal an den Befragungstermin am nächsten Tag. Begierig sog sie draußen die salzige Luft ein und lauschte dem immer wiederkehrenden Tosen der Wellen auf ihrem Weg zur Friesenrose.

»Na, Frau Kommissarin, willst mich jetzt wohl verhaften«, grummelte Onno schroff, als er ihr die Tür öffnete.

»Klar. Was denkst du denn?« Bea zwinkerte ihn an.

»Eine Henkersmahlzeit sitzt vorher aber wohl noch drin, oder?«

»Ich will mal nicht so sein. Wenn ihr für mich auch noch eine Portion übrig habt, könnte dich das entlasten.« Sie schnupperte. »Hmm. Das riecht ja hier wie beim Italiener.«

Leon schaufelte gerade Pasta auf die Teller, als sie dazukam. Jan Berg holte schnell einen weiteren Stuhl und Piet stellte noch einen Teller hin. An dem einzigen unbekannten Gesicht in der Runde verweilte sie einen Moment. Den jungen Mann konnte sie nicht sofort zuordnen, aber dann fiel ihr ein, dass sie ihn schon gesehen hatte.

»Habt ihr wieder einen Neuzugang?« Sie nickte in Manuels Richtung, fragte aber nicht weiter nach.

»Jau. Der junge Mann ist mein Privatpfleger.«

Die Ermittlerin lachte laut auf. »Und tagsüber ist er beim Film? Dich hab ich doch schon mal gesehen. Manuel war doch dein Name?« Der Junge hob nicht einmal den Kopf, er war völlig mit Essen beschäftigt.

Jan Berg flüsterte Bea zu, dass Manuel der Neffe von Gretjes Nachbarin wäre, die sich eigentlich um Gretje kümmern wollte. Da sie aber absagen musste, hatte sie den Jungen damit beauftragt.

»Das passt ja wie die Faust aufs Auge«, bemerkte Bea. »Und den Filmjob hattest du zufällig schon in der Tasche?«

Manuel nickte und lud sich noch eine Portion auf den Teller. Bea war über Manuels Anwesenheit nicht begeistert, mit Fremden am Tisch war es unmöglich, sich nach Gretjes Ermittlungsstand zu erkundigen. Ein unverfängliches Gespräch kam nicht in Gang. Onno war noch immer verstimmt, ihn interessierte es herzlich wenig, dass ein Fremder mit am Tisch saß.

»Was ist denn passiert, dass ich plötzlich nicht mehr dein Täter bin? Wer steht denn jetzt unter Verdacht? Knut etwa?«

Bea sah ihren Kollegen prüfend an. Hatte er etwas ausgeplaudert? Aber das schien nicht der Fall zu sein.

»Da waren wir wohl ein bisschen voreilig mit unserem Verdacht«, sagte Jan Berg. »Wir kennen dich doch und wissen, dass du keiner Fliege was zuleide tun kannst. Nimm's nicht persönlich. Die Tatwaffe lag aber nun mal in deinem Rad.«

»Ihr wisst also immer noch nicht, wie die da reingekommen ist?«, knurrte Onno. Manuel legte den Löffel an die Seite, auch ihn schien es zu interessieren, was die Ermittler sagten.

»Kein Kommentar«, sagte Bea nur. »Das Essen war super. Jan, wir müssen noch was erledigen, wir müssen …«

»Was müssen wir?« Murrend stand er auf, er hätte gern auch noch ein Dessert gegessen. Gretje grinste schadenfroh. »Denn seht man zu, dat ihr den Kerl bald habt.«

»Darauf kannst du Gift nehmen«, versprach Bea. Sie blieb dann aber doch noch länger und fing an, den jungen Mann aus Zimmer Nummer fünf in ein Gespräch zu verwickeln.

»Sag mal, Manuel, du bist doch die ganze Zeit mit dem Filmteam unterwegs«, duzte sie ihn, was ihn allerdings nicht störte. »Ist von euch in der Tatnacht jemand am Leuchtturm gewesen? Ist dir etwas Ungewöhnliches aufgefallen?«

»Nee. Was sollte mir denn auffallen, ich war ja nicht da.«

»Aus eurem Team jemand?«

»Woher soll ich das wissen?«

Es war aussichtslos. Bea hatte keine Lust, ihre Zeit mit dem Hilfsburschen zu vertrödeln. Besonders helle schien er auch nicht zu sein. Der sollte sich um Gretje kümmern? Wenn das man nicht genau andersrum ist, dachte sie.

Ida lief den Beamten hinterher in den Flur, als sie gehen wollten. Gretje hätte gern gewusst, was Ida den Ermittlern erzählt hatte. Alles? Oder nur einen Teil von dem, was sie der SOKO Inselflitter berichtet hatte?

»Kaum zu glauben«, sagte die Hauptkommissarin zu ihrem Kollegen. »Deine Gretje ist uns wieder eine Nasenlänge voraus. Sie weiß schon wieder mehr als wir.«

»Unsere Miss Marple«, schmunzelte Jan Berg. »Die hat's drauf. Aber man gut, dass sie mit uns kooperiert und mit ihren Infos rausrückt.«

»Das rechne ich ihr auch hoch an. Marlyns Schwangerschaft wirft ein völlig neues Licht auf den Fall.«

»Hm.« Jan Berg konnte dies nur bestätigen.

»Das könnte auf jeden Fall Daniels Motiv gewesen sein, die unbequeme Ex-Freundin aus dem Weg zu räumen. Aber wenn er es an dem Abend erst erfahren hat, dann war es wahrscheinlich keine geplante Tat. Wir sollten das Pärchen mit unserm Besuch überraschen. Wir könnten sie doch heute noch verhören. Was meinst du?«, schlug Bea vor.

»Nee. Keine gute Idee. Die sollten wir ruhig in Sicherheit wiegen. Morgen früh knöpfen wir sie uns dann vor. Getrennt voneinander.«

»Jawoll, Chef.« Bea sah auf die Uhr, normalerweise hatten sie längst Feierabend.

Kapitel 9

»Na, mien Jung«, sagte Gretje zu Manuel, der mit einem lauten Rülpser deutlich machte, dass er jetzt satt war. Dem Benehmen nach fühlte er sich wie zu Hause. »Denn will ich dir man auch noch einen Schnaps spendieren. Oder lieber ein Bier?«

»Kann ich auch beides?«

Piet kümmerte sich und holte Gretjes *Fittaminchen*, den Sanddornlikör, von dem sie sich eiserne Gesundheit und ein langes Leben erhoffte. Manuel verzog naserümpfend das Gesicht beim Anblick der orangefarbenen Flüssigkeit. Er bevorzugte einen Kräuterschnaps und ein Bierchen. Die Augen drohten ihm schon bald zuzuklappen, aber so weit ließ Gretje es nicht kommen. Sie erinnerte ihn an seinen Job als Pfleger. Er sollte ihr später bei der Abendtoilette helfen, aber noch war sie kein bisschen müde. Jedenfalls ließ sie es sich nicht anmerken. Piet schmunzelte schon eine ganze Weile in sich hinein. Er ahnte, was sie vorhatte, womit er auch recht behielt.

»Prost!« Gretje Blom kippte das Likörchen hinunter. Dann nahm sie sich den Kabelträger vor. Sie war davon überzeugt, etwas herauszufinden, wenn sie nur tief genug bohrte.

»Wie bist du eigentlich zum Fernsehen gekommen?«, fragte sie arglos.

Manuel erzählte von einem glücklichen Zufall, auf die näheren Umstände wollte er aber nicht eingehen. Aber dafür interessierte Gretje sich auch nicht sonderlich.

»Da hast du aber wohl auch nicht mitgerechnet, dass der Job mordsspannend wird?«

Verdattert sah er sie an. Er konnte der schrulligen Alten nicht auf Anhieb folgen. »Was ist daran prickelnd? Das Mädchen für alle zu spielen, find ich nicht besonders aufregend.«

»Das meine ich auch nicht.«

»Ach so.« Langsam fiel bei ihm der Groschen. »Aber auf Mord und Totschlag kann ich gut verzichten. Damit hab ich's nicht so.«

»Wirklich abscheulich. Aber dat nützt ja man alles nichts, dat muss aufgeklärt werden, wie das gewesen ist«, beharrte Gretje.

»Hm. Da haben die Bullen mal richtig was zu tun. Danke nochmal«, er sah Gretje müde an, »dass du mich nicht verpfiffen hast. Mir ist ganz schön die Düse gegangen, als die Bullen hier reinspaziert kamen. Ihr seid wohl ziemlich dicke miteinander?« Manuel Steins griff zur Schnapsflasche, doch Leon kam ihm zuvor und stellte sie vom Tisch. Auch Gretjes Fittaminchen ließ er verschwinden.

»Wenn ich dat richtig mitgekriegt habe, dann warst du mit deinen Kollegen schon sehr früh am Leuchtturm.« Er nickte. »Wie spät war das denn? Und dann überleg mal, was dir da alles aufgefallen ist.«

»Muss das sein? Hat das nicht Zeit bis morgen?«

»Nee«, kam es einstimmig von Gretje, Piet und Onno.

»Hier wird nicht eher schlafen gegangen, bis wir alles aus dir rausgeholt haben«, sagte Onno. »Wenn du in die Koje willst, dann schnack nicht lang rum. Mach schon. Was ist dir aufgefallen?«

Manuel schnitt eine Grimasse, dann fing er widerstrebend an. Begleitet von etlichen Seufzern erinnerte er sich an die Uhrzeit. Es war gegen sechs Uhr in der Frühe. Mit einem Bulli, in dem sich die technische Ausrüstung befand, waren sie hingefahren.

»Wir haben zuerst nach dem Leuchtturmwärter Ausschau gehalten. Der war schon da und quatschte mit zwei anderen Männern.«

»Die Kumpel, dat waren wir«, grienten Onno und Piet.

»Der hat uns seinen Turm dann aufgeschlossen und weitergeschnackt und dabei Kaffee aus der Thermoskanne getrunken. Hätte auch gern einen gehabt. Der hat so getan, als ob wir gar nicht da wären, und hat uns einfach machen lassen.«

»Was habt ihr denn gemacht?« Piet befürchtete, der Junge würde zu sehr abschweifen.

»Auf der Plattform mussten Markierungen angebracht werden. Für das Paar, die Gäste und für die Kameraleute. Ich sag euch, da wird nichts dem Zufall überlassen. Tess Andersen ist eine perfekte Organisatorin, die denkt an jede Kleinigkeit. Wahnsinn. Und nun ratet mal, wer zum Frühsport verdonnert wurde und auf die Plattform musste?«

»Immer der Jüngste«, kam es von Gretje wie aus der Pistole geschossen.

»Oder der Dümmste«, grummelte Onno.

»Genau. Für die bin ich nur das Mädchen für alles. Der Superassistent, der jeden Scheiß machen muss.« Manuel rieb sich stöhnend die Oberschenkel. »Muskelkater.«

»Du warst aber doch bestimmt nicht allein hoch?«

»Nee. Zusammen mit unserm Teamchef. Ich glaub, der wollte mich nur testen. Deshalb hab ich auch nicht gemeckert, sondern das gemacht, was man mir sagt. Ich finde alles, was mit Film und Fernsehen so zu tun hat, richtig geil.«

»Und da habt ihr von da oben aus die Leiche entdeckt?«, stocherte Gretje weiter in seinen Erinnerungen. Allmählich taute der Junge auf.

»Der Boss hat zuerst gesehen, dass da jemand liegt. Er dachte, es ist die Braut, unsere Hauptdarstellerin. War ja gut möglich, dass Tess sie angeschleppt hatte, um vorab noch ein paar Posen mit ihr auszuprobieren. So wie bei Romeo und Julia.«

»Kennst dich ja gut aus. Hast wohl Abi, was?«

»Was sonst? Meine Alten haben darauf bestanden.«

»Na, mien Jung, dann kann aus dir ja doch noch was werden«, sagte Gretje. »Wenn du nicht gerade alte Weiber schubst und Handtaschen klaust.«

»Ich mach das wieder gut. Hab ich doch gesagt. Und ich schwöre, ich tu das nie wieder. Weiß auch nicht, was da in mich gefahren ist.« Es sah so aus, als wolle er weit ausholen und aus seinem verkorksten Leben erzählen. Damit fing er auch an, als er von der Freundin erzählte, die ihn als Weichei bezeichnet hatte. Das hatte ihn gekränkt, er wollte ihr beweisen, dass er kein Weichei, sondern ein echter Kerl war. Doch so genau wollte die SOKO Inselflitter das gar nicht wissen.

»Nu mach mal hinne, sonst sitzen wir um Mitternacht noch hier und du verpasst deinen Nachtisch.«

So motiviert kam Manuel wieder auf das eigentliche Thema zurück. »Wir haben oben erstmal unsere Arbeit erledigt. Der Chef ist dann ein paar Minuten vor mir runtergegangen. Ich glaube, er wollte sich das aus der Nähe ansehen, was die da mit Simone veranstalteten. Ich habe von oben gesehen, dass da auch jemand bei ihr war. Ich glaube, das war eine Frau, die nach etwas suchte. Sie hat etwas aufgehoben, danach war sie aus meinem Blickfeld verschwunden. Wie vom Erdboden verschluckt. Ich bin dann wieder runter und wollte das dem Chef sagen. Der stand beim Team und gab Anweisungen. Die Kameras und die ganze Technik mussten noch nach oben gebracht werden. Dreimal bin ich den Turm rauf und runter, jedes Mal schwer bepackt.«

»Denn kannst du ja bestimmt noch ’ne Stärkung vertragen.« Onno stand auf und holte eine große Schüssel Vanillepudding aus dem Kühlschrank. Er hatte ihn selbst zubereitet.

***

An Feierabend war für die Ermittler noch nicht zu denken, als sie zu ihrer Dienststelle zurückkehrten. Sie gingen die Kontaktliste des Pärchens durch. Bei manchen hatte Swantje Bemerkungen neben die Kontaktdaten geschrieben.

»Morgen sehen wir uns die alle an. Das wird hart«, sagte Bea.

»Was versprichst du dir davon?«

Bea musste nicht lange überlegen. »Wir könnten herausfinden, wer etwas gegen diese Eheschließung hatte.«

»Du meinst, falls nicht Marlyn Beyer sterben sollte, sondern Simone?«

»Ist nur ein Gedanke von mir. Ausschließen sollten wir das nicht.«

Swantje meinte, es wäre doch auch interessant zu wissen, weshalb die sich für diese Sendung angemeldet hatten. Swantje bekam den Auftrag, die Termine mit den Gästen des Paares zu vereinbaren.

»Versuch mal, das so hinzubiegen, dass wir die Gäste noch vor unsern Flitterwöchnern befragen können.«

»Dann werde ich wohl Überstunden machen müssen«, maulte sie, zog sich aber gleich zurück, um anzufangen. Nach fünf Minuten kam sie wieder, eine Notiz in der Hand. »Das hätte ich doch fast vergessen«, sagte sie. »Da ist ein anonymer Anruf eingegangen. Der Anrufer sagte, er hätte einen Schuss gehört. Mehr nicht. Es soll gegen kurz nach zehn gewesen sein.«

»Und das sagst du uns erst jetzt?«

»Sorry. Jetzt wisst ihr's ja. Hilft aber auch nicht viel weiter. Er hatte sofort wieder aufgelegt.«

»Versuch mal, die Nummer des Anrufers trotzdem ausfindig zu machen.«

»Ich geb mein Bestes. Und dann hat die Rechtsmedizin sich gemeldet. Haltet euch fest, jetzt kommt's …«

»Lass mich raten«, grinste Jan Berg, »Marlyn Beyer war schwanger.«

Swantje riss die Augen weit auf. »Woher wisst ihr das denn schon wieder?«

»Gretje Blom!«

»Nee. Dat glaub ich ja nicht! Aber das wisst ihr noch nicht«, trumpfte sie dann auf. »Der Revolver gehört Marlyn Beyer! Ist auf ihren Namen registriert.«

Das war nun wirklich eine Überraschung. Zufrieden verzog sie sich wieder in das andere Büro. Jan Berg und Bea Bissick hörten sie telefonieren und mussten unwillkürlich schmunzeln. Die junge Kollegin verstand es, einschüchternd rüberzukommen, sogar am Telefon.

»Hoffentlich findet sie heraus, wer der anonyme Anrufer gewesen ist. Das sollten wir im Auge behalten. Von wo aus er den Schuss wohl gehört hat?«, sagte Bea, überlegte und faltete geschwind einen weiteren Origamikranich. Jan Berg sah ihr fasziniert auf die Finger, die Kollegin gab ihm immer noch Rätsel auf.

Kapitel 10

Die Kraniche auf Beas Tastatur waren über Nacht wohl durch die Amtsstube geflogen. Jedenfalls saßen sie am nächsten Morgen nicht mehr auf ihrem Platz. Bea zog die Augenbrauen zusammen, schob zwei Finger in den Mund und pfiff durchdringend. Sie war in ihrer alten Dienststelle bekannt dafür, dass sie mit einem schrillen Pfiff gern ihre Kollegen antanzen ließ. Auch hier funktionierte es. Swantje schaute zur Tür rein und Jan Berg zuckte zusammen.

»Wer war das?« Sie zeigte auf ihre Papiervögel.

Swantje rollte mit den Augen.

»Hast du die woanders hingesetzt?«, pfiff Bea die Kollegin an. »Damit das ein für alle Mal klar ist, meine Kraniche sind mir heilig. Da hat keiner von euch was dran verloren. Verstanden?«

»Kann ich doch nicht wissen«, knurrte Swantje. »Was hat es denn damit auf sich? Wollte nur mal ausprobieren, ob die fliegen können.«

»Das erkläre ich dir später einmal, was es damit auf sich hat. Für heute steht die Überführung des Täters an. Wie sieht es mit den Terminen aus? Konntest du die Leute von der Liste alle erreichen? Schaffen wir das, sie vor Daniel und Simone zu befragen?«

»Waren ja nicht so viele. Hier sind die Termine. Nur die Freundin von Simone kann nicht kommen. Sie ist gestern schon abgereist, sie wäre gern länger geblieben. Irgendein familiäres Problem ist dazwischengekommen.« Swantje trollte sich davon.

»Danke.« Bea und Jan sahen sich die Termine an, in einer halben Stunde war der erste anberaumt. Bei einem Kaffee besprachen sie ihre Vorgehensweise und die Fragen, die sie stellen wollten.

Simones Eltern meldeten sich überpünktlich bei den Ermittlern. Sie waren als Erste an diesem Tag geladen.

»Wie können wir Ihnen weiterhelfen?«, fragte Simones Mutter nach der gegenseitigen Vorstellung. »Wir sind immer noch sprachlos, wie das passieren konnte. Die Ehe fängt ja gut an.«

»Hauptsache, die schaffen das und bleiben trotzdem zusammen«, meinte ihr Vater.

Ihre Mutter glaubte daran, dass dieses furchtbare Erlebnis sie richtig zusammenschweißen würde.

»Wie Sie uns weiterhelfen können? Erzählen Sie uns einfach ein bisschen über Ihre Tochter.«

Das Ehepaar wusste nicht so recht, womit sie anfangen sollten. Nun fragte die Kommissarin gezielter.

»Wie war das denn für Sie als Eltern, als Ihre Tochter Ihnen mitgeteilt hat, dass sie in Kürze heiraten will? Sie kannten den Mann ja genau so wenig wie Ihre Tochter.«

»Wir hatten das anfangs für einen albernen Scherz gehalten. Aber dann hat sie uns die ganze Geschichte erzählt, und wenn sie sich etwas in den Kopf gesetzt hat, dann nützt es überhaupt nichts, ihr das ausreden zu wollen«, erzählte ihre Mutter.

»Ja. Das kenne ich«, seufzte Bea Bissick. Damit gewann sie das Vertrauen der Eltern, sie wurden lockerer.

»Das ist vielleicht gar nicht so verkehrt, sich auf der Grundlage wissenschaftlicher Erkenntnisse einen Partner zu suchen«, meinte der Vater.

Die Eltern erzählten weiter, dass Simone mit ihren siebenundzwanzig Jahren schon einige Männer kennengelernt und auch mal jemanden mit nach Hause gebracht hätte. Aber sie hatte einen sicheren Instinkt dafür, immer an den Falschen zu geraten, und sie waren froh, dass ihr Kind endlich vernünftig wurde. Mit Grauen erinnerten sie sich an den letzten Freund, den sie ihnen vorgestellt hatte. Als sie von der Trennung erfuhren, waren sie überglücklich.

Bea und Jan Berg machten sich Notizen. »Können Sie sich vorstellen, dass es in Simones Bekanntenkreis jemanden gibt, der etwas gegen die Ehe mit Daniel haben könnte? Jemand, der sich darüber ärgert? Was ist mit ihrem vorherigen Freund, kann es sein, dass der das verhindern wollte?«

Die Brauteltern zögerten, sie verstanden nicht, worauf Bea hinauswollte. »Wenn jemand etwas dagegen gehabt hätte, dann hätte der es doch auf unsere Simone abgesehen gehabt. Das verstehe ich nicht.«

»Da gebe ich Ihnen recht. Allerdings sieht Ihre Tochter dem Mordopfer sehr ähnlich. Gleiche Größe, ähnliche Figur und Haarfarbe. Wir wollen es nicht hoffen, aber es könnte sich auch um eine Verwechslung handeln.«

»Oh, mein Gott«, stieß Frau Weinert aus. »Haben Sie schon jemanden unter Verdacht? Braucht mein Kind dann nicht Personenschutz?«

»Das wird nicht erforderlich sein. Die zwei sind ja den ganzen Tag mit dem Fernsehteam unterwegs«, sagte Jan Berg abschließend. Die Zeit war um. Die Ermittler fragten noch nach dem Namen von Simones früherem Freund und Bea erkundigte sich nach Simones Freundin.

»Jenny hatte die Idee, bei der Sendung mitzumachen. Die zwei, die sind ein Herz und eine Seele. Schon seit der ersten Klasse. Es war immer klar, dass Jenny mal Simones Trauzeugin sein wird.«

»Schade, dass sie schon abreisen musste.«

»Rufen Sie sie doch einfach an. Jenny kann Ihnen sicher mehr erzählen als wir. Wir haben ein gutes Verhältnis zu unserer Tochter, aber den Eltern erzählt man ja nicht alles. Dafür hat man beste Freundinnen.«

»Das werden wir. Danke, dass Sie sich die Zeit genommen haben.«

Vor der Tür wartete schon der Nächste, Daniels Freund Tobias. Er wurde von Swantje bestens versorgt.

Die Befragung von Tobias Richter zog sich nicht lange hin. Die Beamten fragten auch ihn, was er von der spontanen Eheschließung seines Freundes hielt. Tobias hielt es für eine Schnapsidee, für die Trennung von Marlyn hatte er aber vollstes Verständnis. Er hatte Daniel sogar zugeredet, die Beziehung mit Marlyn zu beenden.

»Hätte er es von sich aus nicht getan?«

»Doch, irgendwann. Er hätte es aber noch eine Weile so laufen lassen.«

»Nettes Früchtchen«, konnte Bea sich nicht verkneifen.

»Als er mir von dem Experiment mit der Sendung erzählt hat, war ich im ersten Moment fassungslos. Aber dann hab ich gedacht, warum nicht. Na ja, und dann kam ja auch schnell die Trennung.«

»Hatte Marlyn von sich aus ihre Sachen gepackt, oder wie war das?«

»Ich glaube schon. Sie hat ja eine Vorliebe für theatralische Auftritte. Geflasht war ich aber, als Daniel mir dann ein Bild von seiner Zukünftigen zeigte. Das ist ja nicht wie bei Tinder oder so, wo man sich den Partner nach dem Äußeren aussucht.«

»Sie meinen, wegen der Ähnlichkeit?«

Tobias nickte. »Daniel war sich auf der Stelle sicher, dass sie die Frau fürs Leben ist. Bis es dann zum wirklichen Kennenlernen kam, hat er von nichts anderem geredet. Er ist sogar in die Kirche gegangen und hat eine Kerze angezündet. Der hatte eine Wahnsinnsangst davor, seine Zukünftige könnte im letzten Moment noch Nein sagen. Vielleicht gibt es sie doch, die Liebe auf den ersten Blick.«

Tobias schien nicht daran zu glauben, seine Verwunderung über Daniels spontanen Entschluss war ihm anzumerken.

Auf die Frage, wer alles etwas gegen diese Liebe haben könnte, fiel ihm nur Marlyn ein.

»Sonst niemand? Freunde oder Eltern?«

»Schon. Marlyns Eltern waren damit bestimmt nicht einverstanden und ihre Freundinnen wahrscheinlich auch nicht. Aber so gut kenne ich die alle nicht. Außerdem wäre Marlyn dann ja noch am Leben und Simone wäre das Opfer.«

Kapitel 11

Der Fernseher lief am Tag nach dem Mord bereits morgens schon um kurz vor sechs. Der Zusammenschnitt von *Hochtied first* wurde ausgestrahlt. Es wurde gezeigt, wie Daniel und Simone aufgrund vieler Übereinstimmungen füreinander ausgewählt worden waren und wie es danach weiterging. An ihrem Heimatort wurden sie bei der Arbeit und in ihrer Freizeit kurz vorgestellt. Es ging auch um die Frage, was sie voneinander erwarteten und erhofften. Welche Eigenschaften ihr zukünftiger Partner mitbringen sollte und ob sie ernsthaft gewillt waren, miteinander die Ehe einzugehen. Tess und Mika gaben ihren psychologischen Senf dazu, wie Onno es flapsig nannte.

Die Kaffeemaschine blubberte, mehr oder weniger interessiert sahen sie sich die Sendung an. Ida fehlte, sie war abends nach Hause gegangen. Leon hatte zur Abwechslung mal wieder in der Friesenrose geschlafen. Er hielt es für angebracht, den Neuzugang in Zimmer Nummer fünf im Auge zu behalten. Und, falls der Probleme machte, einschreiten zu können. Manuel schlief noch, als sie zusammensaßen. Er musste erst um elf Uhr am Treffpunkt des Filmteams sein.

»Seid mal leise, das interessiert mich auch, was der Daniel sagt, weshalb er sich dafür angemeldet hat.« Gretje stellte den Ton etwas lauter. »Psst.«

Onno, Piet und Leon sahen sich *Hochtied first* nur Gretje zuliebe an. Sie glaubten nicht, dass sie dadurch in ihren Ermittlungen weiterkämen.

Daniel lächelte sympathisch in die Kamera und sprach von der Suche nach einer Lebensgefährtin, mit der er alt werden könnte. Und ja, er sei schon länger Single, bestätigte er die Frage nach seinem Status. Seine letzte Beziehung hatte vier Jahre gehalten, aber ihre grundverschiedenen Vorstellungen von einer gemeinsamen Zukunft passten einfach nicht zusammen.

»So, so, Single«, sagte Piet. »Ich dachte, er hat sich erst von seiner Partnerin getrennt, nachdem sie von seiner Aktion erfahren hatte.«

›Besser ein Ende mit Schrecken als ein Schrecken ohne Ende. Besser eine Liebe mit Knall als ein Knall ohne Liebe‹, gab der frischgebackene Single zum Besten. Der Ausspruch sorgte bei der SOKO Inselflitter für allgemeine Belustigung.

»Das mit dem Knall, das sollten wir noch genauer untersuchen«, gickelte Gretje. »Ob ihm bei dem Spruch die Idee gekommen ist, seine Ex zu beseitigen und für immer aus seinem Leben zu löschen?«

»Quatsch. Zu dem Zeitpunkt wusste er ja noch nicht einmal, ob er die Simone wirklich heiratet«, stellte Leon klar.

Dann wurde Simones Leben ausführlich dargestellt. Die selbstbewusste Endzwanzigerin wurde bei ihrem Hobby, dem Schießsport, gezeigt, wie sie auf die Scheibe zielte und ins Schwarze traf. Von klein auf sei sie schon im Schützenverein aktiv, erzählte sie mit strahlenden Augen. Auch, dass sie schon einmal Schützenkönigin gewesen war. ›Jeder Schuss ein Treffer‹, lachte sie. Das bezog sie aber nur auf den Sport. Wenn es um Beziehungen ging, sei das genau umgekehrt, immer voll daneben. Tess Andersen erschien nun auch auf der Bildfläche. Sie vertiefte und beleuchtete das Gesagte aus psychologischer Sicht und versuchte, in schlichten Worten das Phänomen Liebe verständlich zu machen. Von Simone erfuhr man, dass ihre letzte Beziehung zwei Jahre gedauert hatte. Sie hatte ihren Ex-Freund beim Fremdgehen erwischt, das war ein absolutes No-Go für sie und auch der Grund, die Beziehung auf der Stelle zu beenden. Aber das allein war es nicht, verriet sie. Was es allerdings war, darüber schwieg sie sich aus. Sie erzählte von seinen nervigen Versuchen, sie zurückzuerobern. Und wie er ihr nachstellte, als er realisierte, dass es endgültig vorbei war. Er machte sich wohl immer noch Hoffnungen. Dann zeigten sie ihre Freundin Jenny, die sie ermutigt hatte, sich bei der Sendung zu bewerben. Auch Simones Freudentränen wurden gezeigt, als sie erfuhr, dass ihr Mr. Right unter den Bewerbern gefunden worden war.

Die Frage nach ihren Erwartungen beantwortete Simone mit dem Wunsch nach einem Leben an der Seite eines Mannes, dem Wertvorstellungen wie Treue und Ehrlichkeit ebenso wichtig waren wie ihr. Optisch sollte er selbstverständlich auch anziehend und sexy sein. Gemeinsame Interessen wären toll, aber nicht zwingend erforderlich. ›Als ich ihn das erste Mal sah, hatte ich sofort Schmetterlinge im Bauch. Ich wusste, das ist ER! Mein Bauchgefühl hat Ja gesagt, ohne Wenn und Aber‹, war ihr Schlusswort in dem Interview.

Kapitel 12

Diesen Wissensvorsprung über die Vorgeschichte hatten die Kriminalbeamten nicht. Woher sollten sie sich noch Zeit zum Fernsehen nehmen? Vielleicht später. Doch zunächst mussten sie sich selbst ein Bild von Simone und Daniel Hipp machen. Wie abgesprochen, meldete sich das Paar zur Anhörung auf der Polizeiwache.

»Gibt es schon eine heiße Spur?«, fragte Daniel, kaum dass er den Ermittlern gegenübersaß.

Bea Bissick und Jan Berg gingen nicht darauf ein, sie hielten sich bedeckt. Das Leuchten in den Augen, das Bea beim erstmaligen Kennenlernen aufgefallen war, war wie weggeblasen. Sie wirkten müde und übernächtigt.

»Wie geht es Ihnen denn heute?«, fragte sie.

»Geht so«, kam die einsilbige Antwort von Daniel.

»Unsere Kollegin hat eben die Kaffeemaschine angestellt. Sie trinken doch sicher auch einen Kaffee?«

Swantje erschien mit dem Tablett, stellte die Kaffeepötte auf den Schreibtisch und nahm Simone Hipp anschließend mit hinaus. Die Ermittler wollten die Eheleute getrennt voneinander befragen. Swantje sollte sich in der Zeit um den anderen kümmern und aufpassen, dass sich derjenige nicht aus dem Staub machte. Simone war empört über diese Vorgehensweise. Sie sträubte sich und schimpfte, doch damit war sie bei Swantje an der falschen Adresse. Sie ließ sie fluchen und toben, schließlich nahm sie Simone am Arm und ließ sie in ihrem Büro erst wieder los.

»Herr Hipp«, begann Bea. »Sie haben ausgesagt, dass Sie sich am Abend vor Marlyns Tod mit ihr getroffen haben. Wann war das genau? Und wie spät war es, als Sie sich verabschiedet haben?«

Daniel räusperte sich. Bea kam es so vor, als hätte er sich die Antworten zurechtgelegt.

»Ja. Wir haben uns an dem Abend am Leuchtturm getroffen. Das habe ich Ihnen ja schon gesagt. Marlyn wollte es unbedingt so. Es gab auch keinen Grund, ihr das abzuschlagen. Bin ich deshalb schon verdächtig?« Unter Beas bohrendem Blick schwand sein selbstbewusstes Auftreten allmählich dahin. »Wir hatten uns für halb neun am Leuchtturm verabredet.«

»Kann das jemand bezeugen?«

»Fragen Sie meine Frau.«

»Machen wir. Sind Sie dann gemeinsam hingefahren?« Das war ein Aspekt, den Bea und Jan Berg nicht in Betracht gezogen hatten. »Und wie lange waren Sie dort?«

»Simone und ich sind zusammen hingefahren. Simone hielt das für klüger, sie wollte mich nicht allein gehen lassen.«

»Wer wusste denn noch alles von Marlyns Wunsch, Sie zu sehen?«, hakte Jan Berg nach.

»Ich habe es nur Simone erzählt. Sie hatte gespürt, dass mit mir etwas nicht stimmte. Sie meinte, ich wäre irgendwie komisch, und wir hatten uns versprochen, keine Geheimnisse voreinander zu haben und ehrlich zu sein. Da habe ich ihr alles erzählt.«

»Wie hat sie das aufgenommen?« Bea versuchte, sich in Simones Lage zu versetzen.

»Es gefiel ihr nicht. Sie fragte, ob das wirklich sein müsste. Simone war misstrauisch und wollte wissen, warum so heimlich und warum am Leuchtturm. Wegen der Romantik?, hat sie mich angefaucht. Unser erster Krach bahnte sich an. Na ja, ein richtiger Krach war es ja dann doch nicht. Und dann hat Simone gesagt, sie lässt mich nicht allein hingehen. Sie beharrte darauf, mitzukommen.«

»Und dann?«

»Ich habe eingewilligt unter der Bedingung, dass ich zuerst unter vier Augen mit Marlyn rede. Ich wollte … Ach, ich weiß auch nicht, was ich wollte. Freunde bleiben ist wohl zu viel gesagt. Auf eine freundschaftliche Beziehung wollte ich hinaus. Nicht sofort, aber mit der Zeit.«

»Das sagt sich immer so leicht«, murmelte Bea desillusioniert.

»Simone schlug vor, im Auto auf mich zu warten. Jedoch nicht länger als zwanzig Minuten.«

»Und damit waren Sie dann auch einverstanden?«

»Nein, das war ich nicht sofort. Ich war verunsichert und wollte unsere Psychologin, Frau Andersen, dazu um Rat fragen.«

»Was hat sie Ihnen geraten? Hatten Sie das mit der Expertin vereinbart, dass Simone dabei ist?«

»Ja. Wir haben lange über das Für und Wider gesprochen. Tess hat uns sehr schön erklärt, wie wichtig es ist, alte Bande in Liebe zu lösen, damit man sich auf etwas Neues voll einlassen kann.«

»Schön formuliert«, sagte Bea anerkennend, den Spruch wollte sie sich merken. »Da ist was dran. Glauben Sie, Frau Andersen hat sich mit ihrem Kollegen darüber ausgetauscht? Haben Sie noch weiteren Personen von dem Treffen mit Ihrer Ex-Freundin erzählt?«

»Ich nehme an, dass Tess mit Mika darüber gesprochen hat. Aber das ist ja auch völlig in Ordnung. Die unterliegen ja der Schweigepflicht. Ist natürlich gut möglich, dass Simone es auch ihrer Freundin erzählt hat. Wahrscheinlich sogar.«

»Ist Simone die Meinung ihrer Freundin immer sehr wichtig? Auch wenn es um Entscheidungen geht? Ich nehme an, es ist die Freundin, die auch ihre Trauzeugin gewesen ist?«, fragte Bea. »Die ist ja leider schon abgereist. Warum?«

»Simone und Jenny sind ganz dicke miteinander. Die erzählen sich alles, die verstehen sich auch ohne Worte. Jenny musste leider schon weg, ihre Mutter hatte einen Unfall.«

»Hoffentlich nichts Schlimmes«, sagte Jan Berg.

»Ich weiß nur, dass ihre Mutter ins Krankenhaus musste. Fragen Sie am besten Simone, die wird es genauer wissen. Aber ist das wichtig?«

»Nein, nein«, erwiderte die Hauptkommissarin. »Noch einen Kaffee?«

»Wie lange dauert das denn noch?«

»Nicht mehr lange. Erzählen Sie uns noch schnell, wie die Begegnung mit Marlyn verlaufen ist. Jede Einzelheit ist von Bedeutung.«

Daniel schluckte und fragte, ob er kurz zur Toilette gehen könnte. Dann würde er gerne noch einen Kaffee nehmen.

Dagegen gab es nichts einzuwenden. Aber als Jan Berg auch aufstand und ihn zur Toilette begleiten wollte, zog Daniel ein langes Gesicht. Wahrscheinlich wollte er sich mit seiner Frau austauschen oder ihr Nachrichten übers Handy schicken. Daraus wurde nun leider nichts. Bea schaltete die Kaffeemaschine an. Sie wollte Swantje nicht von Simone weglocken. Als sie die Schritte der beiden Männer im Flur vernahm, stupste sie den filigranen Origamikranich von ihrer Tastatur. Sie bedankte sich bei dem Vögelchen für die großartige Inspiration und platzierte es, für jeden sichtbar, mitten auf ihrem Notizblock.

Daniel sah gereizt auf die Uhr und wies auf die Termine mit dem Sender hin. Die Beamten versprachen, zügig fortzuführen.

»Dann machen wir doch mal weiter«, begann Bea nach der kurzen Unterbrechung. Über ihren Kranich hinweg sah sie auf den Block, der vor ihr lag. »War außer Ihnen noch jemand am Leuchtturm oder in der Nähe?«

Daniel schnaubte. Hatte er das nicht schon längst alles erzählt? »Ich glaube nicht. – Oder doch?« Er stützte seine Stirn in die Hand. »Ich glaube, der Leuchtturmwärter war noch da. Jedenfalls brannte unten noch Licht, aber nicht mehr lange. Der redete mit jemandem. Vielleicht hat der aber nur Selbstgespräche geführt.«

»Und sonst?«, trieb Jan Berg ihn an.

»Wenn ich mich recht erinnere, dann stand ein Bulli vom Sender auf dem Parkplatz. Da hab ich mir aber nichts bei gedacht, den hatten sie wahrscheinlich schon für den nächsten Tag da geparkt.«

»Gut.« Bea hakte diesen Punkt ab. »Und nun schildern Sie mir bitte in allen Einzelheiten, wie das Gespräch zwischen Ihnen und Marlyn verlaufen ist.«

Daniel griff nach seiner Tasse und fragte nach einem Schluck Wasser. Er hatte einen trockenen Hals, und ganz offensichtlich transpirierte er.

Nicht mehr lange, dann hab ich dich, dachte Bea Bissick. Zurückgelehnt in ihrem Schreibtischstuhl feuerte sie eine Frage nach der anderen ab, während ihre Hände mit dem Kranich spielten. Das lenkte sie nicht ab, im Gegenteil, das beruhigte sie. Jan Berg war beeindruckt von der Art, wie sie das Verhör voran- und den Daniel Hipp immer mehr in die Enge trieb. Gelegentlich funkte er dazwischen, wenn es angebracht war. Sie verstanden sich mittlerweile ohne Worte, nur mit ihren Blicken, und konnten sich gegenseitig die Bälle zuspielen.

Zögernd fing Daniel Hipp an zu erzählen. Er sprach so leise, dass man Swantje in ihrem Büro hören konnte. Daniel schien das aber nicht wahrzunehmen. Er hatte genug damit zu tun, auf Beas Aufforderung einzugehen. Beunruhigt sah er in immer kürzeren Abständen auf die Uhr.

»Also, das war so. Als ich beim Leuchtturm ankam, war Marlyn noch nicht da. Das hat mich aber nicht weiter verwundert. Das ist typisch für sie. Sie kommt immer zu spät. Es waren genau neun Minuten, hatte ich registriert. Das hat mich etwas beunruhigt, weil Simone zwanzig Minuten später dazukommen wollte. Plötzlich war Marlyn dann da, ich hatte sie nicht kommen sehen.«

»Ihre Frau hätte sie doch dann auf dem Parkplatz sehen müssen«, warf Jan Berg ein.

»Keine Ahnung. Simone sagt, sie hat es nicht mitbekommen. Ihre Playlist lief. Ziemlich laut. Als Marlyn endlich da war, habe ich extra keine dumme Bemerkung über ihr ewiges Zuspätkommen gemacht. Ich wollte doch, dass es für uns beide gut wird.«

»Ist es aber nicht«, bemerkte der Hauptkommissar trocken.

Daniel schluckte. Er erzählte von Marlyns Tränen, ihrem Hang zur Dramaqueen und von ihren Annäherungsversuchen.

Beas Augenbrauen rutschten in die Höhe. »Annäherungsversuche? Wie muss ich mir das vorstellen?«

»Können Sie sich das nicht denken? Sie wollte mich küssen. Sie hat sich an mich gedrängt, mir die Arme um den Hals gelegt und bitterlich geweint. Sie wusste doch ganz genau, dass ich es nicht aushalten kann, wenn eine Frau weint. Dann versuche ich immer, zu trösten.«

»Wie müssen wir uns das vorstellen?«

»Erstmal hab ich ihr ein Taschentuch gegeben, und dann habe ich ihr wohl tröstend den Rücken gestreichelt. So genau weiß ich das doch nicht mehr.«

»Hmm. Dann kann es natürlich sein, dass Marlyn sich Hoffnungen gemacht hat. Sie konnte also davon ausgehen, dass Sie sich ihrem Wunsch beugen und sich von Simone scheiden lassen.«

»Nein, ich hab ihr bestimmt keine Hoffnungen gemacht«, trotzte Daniel.

»War Ihnen bekannt, dass Marlyn schwanger war?«, fragte Bea.

»Nein. Zu dem Zeitpunkt noch nicht.« Er klang traurig. »Ich habe es zuerst auch nicht geglaubt, als sie mir das erzählte. Ich dachte, das ist nur ein billiger, mieser Erpressungsversuch. Aber dann zeigte sie mir ein Ultraschallfoto. Das war echt, ihr Name stand ja darauf. Ich war total geschockt. Einerseits freute ich mich wahnsinnig darüber, anderseits war die Beziehung vorbei und nur des Kindes wegen wollte ich sie nicht heiraten. Klar hätte ich alles getan, damit es dem Kind gut geht. Das habe ich ihr auch versprochen. Also, ich meine, Unterhalt zahlen und das Kind regelmäßig sehen. Der Verantwortung als Vater wollte ich mich nicht entziehen. Das müssen Sie mir glauben.« Daniel leerte sein Glas in einem Zug. Mit ineinander verknoteten Händen saß er den Ermittlern gegenüber. Die Knöchel traten schon weiß hervor. »Woher wissen Sie denn davon, dass sie …?«

»Obduktion«, sagte Jan Berg lediglich.

»Und wie hat sie darauf reagiert, als Sie ihr sagten, dass es mit der kleinen Familie nichts wird?«, bohrte Bea unbarmherzig weiter.

»Marlyn hat getobt und mich angeschrien, das hat man bestimmt meilenweit gehört. Aus den Augenwinkeln sah ich in der Ferne einen Schatten näherkommen. Das konnte nur Simone sein, schoss es mir durch den Kopf. Und dann, ohne Vorwarnung, dann …«, keuchte er.

»Ja. Was war dann?« Bea balancierte den Origamikranich auf ihrem Zeigefinger. Über den Papiervogel hinweg fixierte sie Daniel mit ihrem Blick.

»Ich hab ja schon von Marlyns emotionalen Anfällen erzählt. Aber mit dem, was sich dann abspielte, habe ich im Traum nicht gerechnet.«

»Ja? Was ist passiert?«

»Plötzlich hielt sie eine Pistole in der Hand und schrie mich an. ›Ich habe dich gewarnt! Dann muss mein Kind eben ohne Vater aufwachsen! Dann kann ich ihm später mal sagen: Dein Vater ist tot. Er hatte einen Unfall, als du noch in meinem Bauch warst.‹ Sie krümmte ihren Finger um den Abzug. Ich stand da wie ein Idiot, wie versteinert. Wie gut sie mit einer Waffe umgehen kann, das wusste ich ja. Ich habe geglaubt, mein letztes Stündlein hat geschlagen. Aber ich brachte kein Wort über die Lippen. Nichts. In Marlyns Augen sah ich nur Hass. Blanken Hass. Sie waren eiskalt. Die ganze Situation war irgendwie gespenstisch. Vor allem das Licht des Leuchtturms, das alle paar Sekunden ihr Gesicht erhellte, das nur noch eine hässliche Fratze war. Ohne Frage war es ihr Ernst. Sie wollte mich erschießen.«

»Und was war mit Simone? Die war doch schon unterwegs zu Ihnen. Haben Sie sie nicht gewarnt?« Der Kranich saß nun wieder friedlich auf der Tastatur. Bea hatte ihr Gegenüber im Visier.

»Simone musste wohl gemerkt haben, dass etwas nicht stimmt. Geräuschlos näherte sie sich an. Klar wollte ich sie warnen. Aber wie denn?« Mit dem Ärmel wischte Daniel sich feine Schweißperlen von der Stirn, dann sprach er weiter. »Simone rief mir etwas zu. Laut. Was es war, kann ich nicht mehr sagen. Blitzschnell drehte Marlyn sich in dem Moment zu ihr um, den Revolver in der Hand. Das war meine einzige Chance. Ich hab gar nicht nachgedacht, ich bin auf sie gesprungen und wollte ihr die Waffe entreißen. Dabei ist sie unglücklich gestürzt. Sie kam nicht wieder hoch, sie lag einfach so da. Blut war aber nicht zu sehen.« Wieder geriet Daniel ins Stocken. Doch dann erzählte er weiter.

»Lass uns abhauen, hat Simone gekreischt, als sie die Pistole erblickte. Sie hat die Waffe dann mit dem Fuß weggekickt. Sie hatte Angst, Marlyn spielt uns was vor und könnte sich jeden Moment aufrappeln, danach greifen und durchdrehen. Mir war etwas mulmig zumute, sie da so liegen zu sehen. Marlyn rührte sich überhaupt nicht. Ich bin dann hin und habe ihren Puls gefühlt. Der war schwach, aber meiner Meinung nach war das nicht besorgniserregend. Sie hat gestöhnt und ich meine, sie hat einmal kurz geblinzelt. Wir haben uns nicht um sie gekümmert, sondern nur zugesehen, dass wir da wegkamen.«

»Sie haben eine schwangere Frau nachts in der Einöde verletzt liegen lassen? Sie wissen schon, wie kalt die Nächte sind? Sie mussten doch damit rechnen, dass sie niemand findet.« Jan Berg musterte ihn verständnislos. »Wie spät war das denn?«

»Im Nachhinein ist man immer schlauer. Das war ein Fehler, ich hätte sie nicht ihrem Schicksal überlassen dürfen. Aber ich stand voll unter Schock. Und Simone auch. Wir sind zum Hotel zurück. An der Bar haben wir uns noch einen Drink genehmigt. Ich brauchte einen starken Whisky. Simone war auch fix und fertig und hat sich auch was Starkes bestellt.«

»Hm«, kommentierte Bea nur.

»Wissen Sie, was ich glaube?«, flüsterte Daniel nach einer kleinen Ewigkeit.

»Nein. Erzählen Sie es uns.«

»Ich glaube, als sie wieder zu sich gekommen ist, hat sie sich selbst erschossen.«

»Ach ja«, sagte Bea. »Daher kamen Sie gestern schon auf die Idee mit dem Suizid?«

Er nickte. »›Ohne dich hat mein Leben keinen Sinn‹, hatte Marlyn noch zu mir gesagt«, stammelte er. Er umklammerte seine Kaffeetasse, deren Inhalt längst kalt geworden war. Seit eineinhalb Stunden saß er schon hier.

»Und das sollen wir Ihnen glauben?«

»Ich schwöre, dass es so war. Meine Frau kann das bezeugen. Sie glauben doch nicht etwa, ich hätte …?«

Die Ermittler wechselten einen vielsagenden Blick.

»Es kommt nicht darauf an, was wir glauben. Wir brauchen Beweise, die Fakten sprechen gegen Sie. Dass Sie Marlyn Beyer ermordet haben könnten, lässt sich nicht ohne Weiteres von der Hand weisen. Wir würden Ihnen ja gerne glauben, dass Sie in Notwehr gehandelt haben. Aber es kann auch anders gewesen sein.«

»Ich bin kein Mörder!«, brach es aus ihm heraus.

»Aber alles spricht dafür. Das Motiv liegt auf der Hand.«

»Ich schwöre, ich habe mit ihrem Tod nichts zu tun. Ja gut, ich hätte mich um sie kümmern sollen, als sie gefallen ist. Aber wenn man vorher in den Lauf einer Pistole blickt, dann … dann denkt man nicht mehr an Erste Hilfe. Dann will man nur noch flüchten. Fragen Sie doch Simone.«

»Ja, wir befragen sie im Anschluss. Halten Sie sich bitte weiterhin zu unserer Verfügung. Sie dürfen die Insel nicht verlassen.«

»Da hat Tess Andersen mit Sicherheit auch noch ein Wörtchen mitzureden. Die wird begeistert sein, wenn ich ihr erzähle, dass ich, ausgerechnet ich, angeblich ein Mörder sein soll. Ich? Ein Mörder?«

Bea öffnete alle Fenster und ließ frische Luft herein. Mit Daniel Hipp waren sie fertig. Swantje Robben brachte wenig später Daniels Ehefrau herein und nahm Daniel Hipp in ihre Obhut.

Simone Hipp bejahte, ihrer Freundin Jenny von Marlyns Besuch und deren Forderung nach einem Treffen mit Daniel erzählt zu haben.

»Wie hat Ihre Freundin darauf reagiert?«, fragte Bea.

»Jenny hat sich an den Kopf gefasst und gesagt: Die hat ja nicht mehr alle Tassen im Schrank. Und sie wollte wissen, ob ich befürchte, er könnte zu ihr zurückkehren.«

»Und …? Hatten Sie diese Befürchtung?«

Simone zögerte. Dann räumte sie ein, dass sie ein ungutes Gefühl bei der Sache hatte. »Deshalb habe ich ja auch darauf bestanden, mitzukommen. Und das war genau richtig und gut so. Wenn man es mal objektiv betrachtet, habe ich Daniel das Leben gerettet. Wenn ich nicht im passenden Moment dazugekommen wäre, dann hätte Marlyn sich nämlich nicht umgedreht, dann hätte sie Daniel eiskalt abgeknallt.«

»Hätte, hätte, Fahrradkette«, murmelte Bea Bissick kaum hörbar.

Weitestgehend deckten sich Simones Aussagen mit denen von Daniel. Sie versicherte, Marlyn auf dem Parkplatz nicht gesehen zu haben. Sie hatte Musik gehört und später waren sie im Hotel noch an der Bar. Sie bedauerte Marlyns Tod, sagte sie. Nach Beas Einschätzung war das nicht gespielt, ihre Betroffenheit wirkte echt.

Die Frage, wie Marlyns Waffe vom Tatort in das Lastenrad gekommen war, konnte sie auch nicht beantworten. Die Frage, ob es ein Selbstmord gewesen sein könnte, verunsicherte sie. »Das kann ich doch gar nicht beurteilen. Ich kenne sie ja nur aus Daniels Erzählungen.«

»Und Ihren Mann kennen Sie jetzt wie lange?«, fragte Jan Berg.

Sie hielt inne und zählte die Tage nach. »Es sind heute genau dreizehn Tage. Auf dem Standesamt haben wir uns ja erst wirklich kennengelernt.«

»Und bei Ihrem Mann glauben Sie, ihn nach so kurzer Zeit einschätzen zu können?« Bea warf ihrem Kollegen einen anerkennenden Blick zu.

»Natürlich nicht«, antwortete sie wahrheitsgemäß. »Aber auf mein Bauchgefühl kann ich mich verlassen.«

»Hm«, äußerte sich Jan Berg. Mit Bauchgefühlen bei Frauen konnte er nicht viel anfangen. Bei dem Wort Bauchgefühl fiel ihm eigentlich nur die Periode der Frauen ein und die damit einhergehenden Bauchgefühle. Aber das war ja wohl etwas anderes.

»Ich hätte jetzt aber auch mal eine Frage«, kam es unerwartet von Simone, als sie fast fertig waren.

»Nur zu.«

»Muss ich Angst haben, das nächste Opfer zu werden? Also …«, führte sie ihre Überlegungen aus. »Wenn es kein Selbstmord war, muss dann doch folglich noch jemand am Leuchtturm gewesen sein. Womöglich hatte der Täter es auf mich abgesehen.«

»Oder die Täterin«, räumte Bea ein. »Diese Frage haben wir uns auch schon gestellt. Haben Sie denn Feinde? Gibt es jemanden, dem Sie das zutrauen würden?«

»Nein, Feinde habe ich nicht. Nicht, dass ich wüsste. Aber dass mein Ex über meine plötzliche Heirat nicht begeistert war, kann ich nicht ausschließen.«

Sie erzählte von ihrem ehemaligen Freund, der die Trennung nicht akzeptieren wollte und sie gestalkt hatte. »Dem traue ich einiges zu. Aber er kann es nicht gewesen sein. Er ist in einer Suchtklinik, um endlich trocken zu werden. Ist ihm dummerweise zu spät eingefallen.«

»Sind Sie ganz sicher, dass er noch in der Klinik ist?«, fragte Jan Berg.

»Doch. Da bin ich mir sicher. Ich weiß das aus zuverlässiger Quelle. Vielleicht sehe ich ja auch nur Gespenster. Ist alles ein bisschen viel gewesen in letzter Zeit. Irgendwie ist es auch unlogisch. Wer sollte denn gewusst haben, dass ich vorgestern Abend mit Daniel am Leuchtturm war?«

Das sahen die Beamten genauso. Mit der Befragung waren sie fürs Erste durch. Anschließend wollten sie nur noch die Aussagen reflektieren und ihre weitere Vorgehensweise abstimmen.

Kapitel 13

Nach dem Fernsehfrühstück teilte Gretje ihrer SOKO mit, dass sie vormittags bummeln gehen wollte. Sie hatte die Absicht, einen kleinen Schnack mit den Psychos zu halten, wie sie die Liebesexperten der Sendung auch nannte. Die waren bestimmt in der Nähe des Kurplatzes zu finden, zumindest gab es für Tess Andersen und Mika um die Zeit noch keinen Termin mit dem jungen Ehepaar. Daniel und Simone waren ja von der Polizei vorgeladen worden, das wusste Gretje von dem Inselpolizisten.

»Man gut, dass wir den kleinen Taschendieb unter unsere Fittiche genommen haben«, grinste Gretje Blom. Er fraß ihr mittlerweile aus der Hand vor lauter Schuldgefühlen. Manuel war ein idealer Spitzel, da er sie mit Infos über Uhrzeit und Ort der nächsten Szenen versorgte. Für den kleinen Kabelträger ging der Job heute erst um elf los, man wollte sich am Kurhaus treffen. Die Experten würden sich dort bestimmt sehen lassen.

»Und wie sieht dein Plan konkret aus?«, wollte Piet wissen. »Wohin darf ich die Gnädigste heute kutschieren?«

»Ich brauche deine Dienste heute wahrscheinlich nicht, mein Lieber. Bis in den Ort kann ich wohl laufen. Wenn ich das geschafft habe, spendiere ich mir einen Kaffee und schaue mich um. Vielen Dank für dein Angebot, darauf komme ich bestimmt noch zurück.«

»Soll ich dich bei deinem Styling beraten?« Leon zwinkerte der alten Dame zu. »Ich bin dir gern behilflich. Musst nur Bescheid sagen.«

»Dat ist aber lieb von dir, mein Schnuckelchen«, sagte sie. »Dieser blöde Gips. Ich hoffe, der kann nächste Woche runterkommen.« Sie sah Piet an. »Da hast du ja nichts dagegen, wenn Leon mir beim Ankleiden hilft?«

Der hagere Ostfriese murmelte etwas, das sich nicht gerade begeistert anhörte.

»Und was ist mit mir? Ich will auch dabei sein, wenn wir den Täter packen. Ich kann mich doch nicht immer nur um den Haushalt kümmern«, grummelte Onno.

»Ich begleite dich bei deinem Stadtbummel«, sagte Piet sehr bestimmt zu seiner Freundin. »Alleingänge gibt es nicht. Sonst landest du wieder in irgendeinem düsteren Keller.«

»Nun regt euch man nicht auf, Jungs. Ich mach mich erstmal schick und dann bekommt ihr eure Aufgaben. Komm, Leon.«

Während Gretje sich ausgehfertig machte, überlegte sie sich, wie sie Onno und Piet in die Ermittlungen einbinden konnte. Nur Leon konnte sie nicht einplanen, er war ja von der Rente noch weit entfernt und durfte arbeiten.

»Piet, du kannst mir unauffällig folgen«, schlug sie ihm vor. »Du lässt dich ja sowieso nicht abschütteln. Lass dein Handy immer auf Empfang, aber schalte den Klingelton ab.«

»Jau.« Er überprüfte die Einstellungen und stellte es auf Vibrationsalarm. »Geht klar.«

»Ich hab Manuel gesagt: Wenn es neue Infos gibt, soll er dich sofort darüber informieren. Du kannst also davon ausgehen, dass er sich des Öfteren bei dir meldet.«

»Verstehe«, erwiderte er. »Kann das sein, dass du einen heimlichen Verdacht hast und eine Spur verfolgst? Würde mich ja mal interessieren, wen du auf'm Kieker hast.«

Gretje grinste wie ein unschuldiges Seehundbaby, doch damit konnte sie ihren alten Freund längst nicht mehr täuschen. »Gegen elf bin ich am Kurplatz«, sagte sie lediglich. »Man gut, dass es nicht regnet, dann kann ich mich in ein Straßencafé setzen. Dat ist ja man tüchtig aufregend, wenn das Fernsehen da ist. Das will ich sehen, wie das geht mit dem Filmen. Und dann muss ich das noch checken, ob ich eine Chance habe, wenn ich mich für die Sendung bewerbe«, gickelte sie.

»Das ist nicht dein Ernst?« Piet war entrüstet. »Du hast doch mich. Oder bin ich dir nicht gut genug?«

»Unsere lütje Friesenrose spinnt mal wieder ordentlich Seemannsgarn«, war Onnos Kommentar. »Das ist doch garantiert nur ein Vorwand. Für was auch immer. Gib's zu.«

Gretje schmunzelte in sich hinein und ließ offen, ob es ihr damit ernst war.

»Denn mische ich mich auch unters Volk«, brummte Onno, »und mache den stillen Beobachter. Auf wen soll ich denn mein Auge werfen?« Gemächlich strich er sich über den Bauch, dann schob er seine Mütze einen Fingerbreit nach links.

»Beobachte später die Leute, die sich in Simones Nähe aufhalten. «

»Gehst du davon aus, der Täter könnte es auf sie abgesehen haben?«

»Nee. Glauben tu ich dat nicht. Aber man kann ja nie wissen.«

Onno gab sich zufrieden mit ihrer Erklärung. »Denn bin ich ja wieder ein Bodyguard«, sagte der Ostfriese und zeigte ihnen seine Muckis. Auf dem Bizeps blähte sich das Tattoo mit der Roten Lola auf, von dem er sich immer noch nicht trennen konnte. Auch wenn das Weibsbild ihn nach Strich und Faden verarscht hatte. »Hast du außer dem jungen Glück noch jemanden unter Verdacht?«

»Klar, dich, Onno. Du bist der Schurke. Schließlich fährst du immer mit einer Knarre spazieren.« Es sollte witzig sein, aber Onno verstand an der Stelle keinen Spaß.

»Mannomann, dat weißt du doch, dass ich das nicht so gemeint hab«, besänftigte Gretje ihn.

»Und wenn schon. Ich habe mit der Sache nix zu tun. Ich weiß doch auch nicht, wie die Pistole da reingekommen ist. Wie oft soll ich das denn noch sagen?«

Gretje tätschelte seinen Arm und versprach, nie wieder so eine dumme Bemerkung zu machen. Dann verklickerte sie den beiden Männern, was sie ausklamüsert hatte. Sie hatte die Trauzeugin auf dem Kieker, die mit Simone gemeinsame Sache gemacht haben könnte.

»Du meinst, die beiden haben Marlyn auf dem Gewissen? Leuchtet mir nicht ein«, sagte Piet. »So abgebrüht kann man doch gar nicht sein. Warum sollten die eine Frau ermorden, die ihnen nichts getan hat?«

Gretje kräuselte die Nase und dachte nach. »Du hast wohl recht, ist unwahrscheinlich.«

»Kommt noch jemand infrage?«, knurrte Onno.

»Ein Irrer, der zufällig am Leuchtturm rumlungerte. Zu blöd, dass du und Knut nichts bemerkt habt. Und auch du, Piet, als du das Gretjemobil abgeholt hast.«

»Sag mal, Onno, als ihr den Turm abends dichtgemacht habt und gefahren seid, wo hattet ihr denn da das Gretjemobil abgestellt?«

Onno meinte, es war direkt vor dem Eingang. »Und hat Knut das dann am nächsten Morgen beim Parkplatz hingestellt?«

»Das will ich doch meinen. Wer denn sonst?«

»Kannst du das mal rauskriegen?«

»Wird gemacht, Chefin«, versprach der bärbeißige Seebär.

»Frag ihn auch, ob der Bulli die ganze Nacht da gestanden hat und ob er weiß, wem der gehört. Und ob jemand darin gecampt hat.«

»Und wenn das so gewesen wäre?«, dachte Piet laut.

»Nehmen wir mal an, der Bulli war bemannt«, sinnierte Gretje Blom, »dann muss die Person etwas gehört oder gesehen haben.«

»Oder der Täter war darin und hat von da aus seinem Opfer aufgelauert«, meinte Piet.

»Onno, das nimmst du in die Hand. Vergiss das mit dem Personenschutz von Simone. Halt lieber die Augen offen und frag Knut, ob er dir den Bulli beschreiben kann. Und dann halte danach Ausschau.«

Onno nickte. »Wird gemacht. Dat ist ja mal 'ne sinnvolle Aufgabe.«

Um kurz nach zehn verließ Gretje Blom die Friesenrose. Zunächst lief sie runter zur Strandpromenade, um aufs Wasser zu schauen. Das war ihre Alternative, weil sie mit dem Gipsarm nicht schaukeln gehen konnte. Sie musste einmal das Wasser sehen und die Meeresbrise im Gesicht spüren, damit sie sich besser auf den Fall konzentrieren konnte. Sie zog ihre Schiebermütze tief in die Stirn, hakte die Daumen unter die Träger ihres Rucksacks und beobachtete eine Möwe, die oben ihre Kreise zog.

So wie diese Möwe wollte sie es auch machen. Sich auf den Verdächtigen konzentrieren, haarscharf verfolgen, was die Person tat, und sich im richtigen Moment auf sie stürzen. *Irgendwann kommt immer ein unachtsamer Moment*, dachte sie. *Es passiert immer dann, wenn man überhaupt nicht damit rechnet.* Sie zwinkerte der Möwe komplizenhaft zu. Die Möwe antwortete mit einem fetten Möwenschiss, dem sie gerade noch ausweichen konnte.

»Mistvieh«, fluchte die Hobbyermittlerin und marschierte jetzt flotten Schrittes in den Ort. Sie hielt nach Piet Ausschau, konnte ihn aber nirgends entdecken. Der hatte sich wohl gut getarnt.

Von Weitem erkannte sie den Inselausrufer auf dem Kurplatz, der die Gäste für den nächsten Rundgang um sich scharte. Gretje schlenderte zu ihm hin, auch wenn sie nicht an der Führung teilnehmen wollte. Sie hatte nur Lust, ein bisschen mit ihm zu schnacken, da er immer wusste, wo was los war.

»He!«, begrüßte sie ihn nach Insulanerart. »Geht's gleich wieder los?«

Heute standen sogar zwei Rundgänge an, erfuhr sie. Der letzte war allerdings nicht öffentlich, der war für das Paar, das die Flitterwochen auf Norderney verbrachte. Auf Gretjes Nachfragen verriet der Inselausrufer, dass er sich die Sendung vorher extra angesehen hatte. Wenn er schon ins Fernsehen kam, wollte er denen auch was Besonderes bieten.

»Wo willst du sie denn überall hinführen?«

»Wir fangen im Konversationshaus mit der Bibliothek an. Ist schon alles mit der Chefin abgesprochen. Da wollen die auch was filmen. Das macht sich ja immer gut, wenn da Bücherregale im Hintergrund sind. Du kennst ja unsere Bücherei. Die ist doch wirklich ein Juwel, das man vorzeigen kann.«

Gretje konnte nur zustimmen. »Da wollte ich später auch noch hin. Wird die dann vorübergehend geschlossen, weißt du das?«

»Vielleicht. Aber da hab ich nicht nach gefragt. Anschließend gehen wir durchs Wäldchen, hin zur Hochtiedsstuv. Hab schon den Schlüssel in der Tasche, die dürfen sich das Häuschen von innen ansehen.«

»Junge, Junge, Junge, das ist ja voll romantisch. Da wollte ich auch immer schon mal rein.« Gretje kicherte. »Ich wollte mir das Bett immer schon mal angucken, das so viele Hochzeitsnächte ausgehalten hat.«

Der Ausrufer grinste breit, griff unter seinen blauen Umhang und zog einen Schlüssel hervor. »Wenn ich hier gleich fertig bin, dann zeig ich dir die Hochtiedsstuv«, versprach er. »Ungefähr in einer Stunde. Ich warte dann hier auf dich.«

Gretjes Augen leuchteten. Das war eine einmalige Gelegenheit, die sie sich auf keinen Fall entgehen lassen wollte. »Sagst du mir Bescheid, wenn das Filmteam kommt? Da würde ich zu gern Mäuschen spielen.«

Er hob den Daumen und signalisierte ein Ja, dann wandte er sich seiner Gruppe zu. Gretje ging ins Konversationshaus, dort sah sie sich in der riesigen Halle nach den Experten um. Es war aber niemand da, der ihr Interesse weckte, also machte sie einen Abstecher in die Bücherei und erkundigte sich nach den Bedingungen für die Ausleihe. Mit der freundlichen Bibliothekarin plauderte sie ein wenig und erfuhr nebenbei, dass die Bücherei während der Filmarbeiten teilweise gesperrt wurde. Wenn Gretje sich aber dort ein stilles Plätzchen suchen wollte, um in einem Buch zu schmökern, könne sie das ruhig tun.

»Sie dürfen nur nicht auffallen, bleiben Sie unsichtbar.«

»Wenn ich das man hinkriege.« Sie deutete auf ihren Arm.

»Also, ich meine, wenn Sie sich ruhig verhalten«, sagte die Mitarbeiterin.

»Das ist aber wirklich nett von Ihnen«, bedankte Gretje sich und steckte eine Münze in das Schwein auf dem Ausleihtresen. Von Piet war immer noch keine Spur zu sehen, sie funkte ihn kurz an. ›Schau mal nebenan, und dann nach oben‹, schrieb er zurück. Gretje verstand. Er war ebenfalls in der Bücherei, in dem Saal mit der Empore.

Um kurz vor elf setzte Gretje sich vor dem Konversationshaus an ein Bistrotischchen. Sie schlug die Inselzeitung auf, bestellte sich einen Latte macchiato und ließ ihren Blick schweifen. Sie konnte sehen, wer ein und aus ging, hatte aber auch das bunte Treiben auf dem Kurplatz im Blick.

Die Fernsehleute kamen zusammen, auch Manuel war darunter. Gretje Blom hielt sich hinter ihrer überdimensionalen Sonnenbrille für unsichtbar, ihren Gipsarm hatte sie unter einem bunten Tuch versteckt. Sie wollte unerkannt bleiben und in Ruhe das Eintreffen der beiden Experten abwarten. Ideal wäre es ja, wenn die beiden in Sichtweite einen Kaffee tranken und sie Kontakt zu ihnen aufnehmen konnte. Gretje hatte gerade den Wetterbericht gelesen, da fanden sich Mika und Tess auch schon ein. Jeder kam aus einer anderen Richtung. Allerdings konnte Gretje keine interessanten Beobachtungen machen, da sie noch zu weit entfernt waren.

Als sie die Experten näher kommen sah, winkte sie dem Kellner, sie wollte zahlen. Mika und Tess gingen jetzt die Stufen hoch. Sie kamen an ihr vorbei, nahmen aber keine Notiz von der älteren Dame. Gretje bekam Fetzen ihrer Unterhaltung mit, die sich um die To-dos des Tages drehte. Die beiden machten einen angespannten Eindruck auf die Hobbyermittlerin, besonders Mika. Nachdem die Psychos im Gebäude verschwunden waren, verließ sie ihren Platz und folgte ihnen ins Konversationshaus. Unauffällig sah sie sich nach ihnen um, sie tat aber so, als schenkte sie den farbenfrohen Kunstwerken der aktuellen Ausstellung ihre Aufmerksamkeit.

In der weiträumigen Halle konnte sie die Experten nirgends finden. Möglicherweise waren sie in der Bücherei oder in dem Lädchen mit Souvenirs oder auch nur zur Toilette. Aber auch den *Weißen Saal*, der auch für Trauungen genutzt wurde, konnte sie nicht ausschließen. Vielleicht sollte später dort gefilmt werden. Sie warf einen Blick in die kleine Bar, dort entdeckte sie die zwei in einer Nische sitzend. Aufgebracht tuschelten sie miteinander.

Unbemerkt von den beiden näherte sie sich dem Tischchen. Sie blieb und spitzte die Ohren. Die Unterhaltung war weiß Gott nicht langweilig, Gretje hatte es geahnt. »Moin«, machte sie sich dann bemerkbar. »Ich darf mich doch zu

Ihnen setzen?« Ohne die Antwort abzuwarten, ließ sie sich bei ihnen nieder.

Eine Schrecksekunde durchfuhr Tess, dann nickte sie der alten Dame zu und bot ihr einen Platz an. »Bitte, setzen Sie sich doch. Kennen wir uns?«

»Sie kennen mich nicht, aber ich kenne Sie«, sagte Gretje charmant. »Aus dem Fernsehen. Sie sind doch die Expertin aus *Hochtied first*. Stimmt's?« Tess Andersen war offensichtlich verblüfft.

»Na sowas. Das ist ja interessant, dass man mich jetzt schon auf der Straße erkennt«, sagte sie geschmeichelt. »Und dann auch noch von Menschen in Ihrem Alter. Haben Sie sich etwa meine Sendung angesehen?«

»Unsere Sendung«, sagte Mika scharf.

»Ach, wissen Sie, Liebe hat doch mit dem Alter nichts zu tun«, tastete Gretje sich vor. »Und außerdem, wenn man so wie ich viel alleine ist, dann zappt man abends ja mal durch die Programme. Und dann bin ich bei der Sendung hängengeblieben und musste mir jede Folge ansehen. Das darf ich meinen Bekannten natürlich nicht erzählen, die würden mich ja für bekloppt halten. Aber ich finde das so interessant, wie ihr das macht, wie ihr die Männer und Frauen auswählt und die Paare zusammenbringt. Das muss doch ein Traumjob für Sie sein. Und ausgerechnet jetzt, wo ich ein paar Tage Urlaub auf der Insel mache, sehe ich dieses nette junge Paar aus Ihrer Show, das hier auf Norderney Flitterwochen macht.«

Tess Andersens Miene hellte sich bei Gretjes Worten sichtlich auf. »Sie glauben ja gar nicht, wie schön das ist, wenn einem so etwas auch mal Face to Face gesagt wird. Es ist wirklich eine wundervolle Aufgabe, den Funken zwischen zwei Menschen springen zu sehen und zu erleben, wie aus diesem winzigen Funken ein Feuer wird, das niemals verlöscht.«

»Was ist das denn, dieses Fäz tu Fäz?«, unterbrach sie Gretje. Mit dem Ausdruck konnte sie nichts anfangen und Piet war ja nicht da, um ihr das zu übersetzen. Tess lachte auf und erklärte Gretje, was damit gemeint war.

»Ich wollte mal fragen, wie ist das denn …«, wechselte Gretje das Thema.

»Nun fangen Sie bitte nicht auch noch mit dieser grauenvollen Geschichte an, die sich am Leuchtturm abgespielt haben soll«, ging Mika dazwischen.

»Meinen Sie den Mord?« Gretje stellte sich unwissend.

»Selbstmord«, korrigierte Mika. »So viel weiß man inzwischen.«

»Wie schrecklich!«, seufzte Gretje mitfühlend. »Ich hab gehört, die war vorher die Freundin von dem Daniel. Wie konnte sie ihm das nur antun?« Gretje legte die Hände aufs Herz. »Dat ist aber eine harte Probe für die Liebe von dem Daniel und seiner Simone.«

»Ja, das ist es. Hoffentlich schaffen sie es, ihre Liebe nicht untergehen zu lassen. Der Tod des Mädchens belastet uns alle ganz furchtbar«, seufzte Tess.

Gretje tätschelte verständnisvoll ihre Hand. »Das ist auch für Sie als Psychologin bestimmt nicht leicht, damit klarzukommen. Aber …« Gretje Blom wartete einen Augenblick. »Darüber wollte ich eigentlich gar nicht mit Ihnen reden. Mir liegt nämlich etwas auf dem Herzen, das ich Sie fragen wollte.«

Dankbar lächelte Tess ihr zu und ermunterte Gretje, ihre Frage zu stellen.

»Ich bin ja nicht mehr die Jüngste«, fing sie an. »Und nun würde ich gerne wissen, wie das denn ist, ob ich in meinem Alter auch noch eine Chance habe, in Ihre Sendung zu kommen? Oder gibt es eine Altersbegrenzung nach oben?«, fragte sie mit einem spitzbübischen Zwinkern. »Finden Sie nicht auch, dass ich immer noch eine recht attraktive Frau bin? Und eine gute Partie bin ich auch, ich bekomm nämlich eine ordentliche Beamtenpension. Also, ich meine, ich hätte ja auch nichts dagegen, wenn mein Zukünftiger jünger ist als ich.«

»Wie alt sind Sie denn, wenn ich das fragen darf?« Tess Andersen bemühte sich sichtlich, ernst zu bleiben. So ganz wollte es ihr nicht gelingen. Ihr Kollege machte sich über sie lustig, das war ihm anzusehen. Er verschwand mal kurz aufs Örtchen, um nicht unhöflich zu sein.

»Sie dürfen ruhig fragen.« Gretje beugte sich zu Tess hinüber, berührte sie am Arm und flüsterte: »Aber beantworten tu ich das jetzt noch nicht.«

Die Psychologin war im ersten Moment überrascht, doch dann lachte sie laut auf und sagte: »Sie sind mir ja ein Herzchen. Verraten Sie mir denn wenigstens, wie Sie heißen?«

»Jau, mein Herzchen«, konterte die rüstige Ostfriesin. »Mein Name ist Blom, Gretje Blom«, sagte sie so, wie sie es aus den James-Bond-Filmen kannte. »Sie dürfen mich aber einfach Gretje nennen.«

»Gern, Gretje. Dann sagen Sie, äh … du, einfach Tess zu mir.«

Mika zog die Augenbrauen zusammen, als er zurückkam und die beiden Frauen so vertraulich miteinander tuscheln sah. Vorwurfsvoll erinnerte er Tess an die anstehenden Termine.

»Dann will ich auch gar nicht länger stören.« Gretje hatte den Wink verstanden. Sie angelte eine ihrer brandneuen Visitenkarten aus der Tasche und gab sie Tess. »Hier. Damit du dich auch mit mir wegen der Hochtied in Verbindung setzen kannst.«

»Du bist ja gut vorbereitet.« Sie warf einen Blick auf das Kärtchen und ließ es in der Jackentasche verschwinden.

»Eine riesige Bitte habe ich aber noch«, sagte Gretje. »Ich hätte so gern ein Foto, wo ich mit euch zusammen drauf bin.«

Tess schmunzelte, auch Mika konnte ein Grinsen nicht unterlassen. »Wenn's mehr nicht ist. Gern.«

Gretje winkte dem Kellner und fragte, ob er ein Foto machen könnte. Sie rückten zusammen. Tess legte einen Arm um Gretjes Schulter und dann lächelten alle drei in die Kamera.

»Denn man alles Gute. Und … nehmen Sie sich das mit dem Selbstmord man nicht zu sehr zu Herzen. Sie können ja schließlich nichts dafür.« Die Hobbyermittlerin verabschiedete sich gut gelaunt. Von der Unschuld der beiden war sie keineswegs überzeugt.

Sofort, als sie wieder draußen war, schickte sie Piet das Gruppenfoto. Darunter schrieb sie: Einer der beiden ist ein Mörder. Später mehr. Muss erst Onno sprechen. Er soll das Gretjemobil zum Kurplatz bringen. Was gibt's Neues von Manuel?

Piet antwortete mit einer Reihe von Fragezeichen. Er wunderte sich bei seiner alten Freundin über gar nichts mehr und fragte sich, wo er sie dann wohl hinkutschieren sollte. Manuels Nachrichten leitete er wie gewünscht an sie weiter. Er fand sie nicht besonders interessant, es waren nur die Orte und Zeiten, wann das Filmteam wo zu finden war. Für die Aufklärung des Mordes schien ihm das nicht wichtig.

Kapitel 14

»Willst du mit Simones Freundin sprechen, oder soll ich das übernehmen?«, fragte Bea Bissick ihren Kollegen, nachdem sie die Aussagen von Daniel und Simone reflektiert hatten.

»Die Geschichte, die Daniel uns da vorgesetzt hat, ist schon heftig«, sagte Jan Berg. »Ob da überhaupt ein Fünkchen Wahrheit dran ist? Ich weiß ja nicht.«

»Im Zweifelsfall gilt die Rechtsprechung immer für den Angeklagten.« Bea überflog die neuesten Ergebnisse der KU. Bei der Toten waren auch noch eine Kopfverletzung und ein Hämatom an der Schulter festgestellt worden. Das ließ auf einen Sturz schließen. »Warum konnte es nicht doch einfach nur ein Selbstmord sein?«, stöhnte Bea.

»Nur der Fundort der Waffe spricht dagegen«, sagte Jan Berg.

»Das bereitet mir echt Kopfzerbrechen«, sagte sie und spielte gedankenverloren mit ihrem Papiervogel. Bea kam ein Fall aus der Vergangenheit in den Sinn, in dem ein Selbstmörder einen Unschuldigen durch seine Tat belasten wollte. Sie erzählte Jan Berg davon, denn auch die Möglichkeit mussten sie in Betracht ziehen.

»Du meinst, sie hat sich erschossen, damit alle glauben, Daniel war es. Sie wollte ihren Ex also bestrafen. Das ist zwar der blanke Wahnsinn, aber durchaus einleuchtend. Er musste also alles daran setzen, die Waffe zu beseitigen, weil er sie als Letzter gesehen hatte«, dachte der Hauptkommissar den Gedanken zu Ende.

»Möglich ist es. Wie wir es aber auch hin und her drehen, es macht in meinen Augen keinen Sinn. So kann es eigentlich nicht gewesen sein. Marlyn hatte das Treffen höchstwahrscheinlich nicht vorgeschlagen, weil sie sich töten wollte. Sie wollte Daniel zurück.«

»Mir kommt da gerade noch eine andere Idee. Simones Freundin könnte zum Tatort gefahren sein und hat die Waffe verschwinden lassen«, sagte Jan Berg und zog Kreise und Linien auf seiner Schreibtischunterlage. »Nehmen wir mal an, Simone und Daniel haben die Wahrheit gesagt. Marlyn hat ihn bedroht, sie ist gestürzt und dann sind die beiden davongelaufen und haben Marlyn am Leuchtturm liegen lassen. In ihrer Panik hat Simone Jenny angerufen und ihr alles erzählt und sie um den Gefallen gebeten, zum Leuchtturm zu fahren und nach Marlyn zu sehen. Und, falls sie da noch lag, einen Krankenwagen zu rufen.«

»Hm«, äußerte sich Bea. »Nehmen wir mal an, Jenny ist mit dem Auto oder mit einem Rad rausgefahren. Dann war das vielleicht gegen Mitternacht. Sie hat Marlyn wie geschildert vorgefunden. Doch anstatt sich um die Verletzte zu kümmern, hat sie den Revolver, der bei Marlyn lag, aufgehoben und abgedrückt. Aus Freundschaft, damit Simone mit Daniel glücklich werden kann. Und dann hat sie den Revolver im Gretjemobil versteckt, weil das da so passend herumstand«, sinnierte Bea weiter.

»Hinterher ist ihr dann bewusst geworden, was sie getan hat, und sie ist mit der nächstbesten Fähre geflüchtet?«

»Ich rufe Jenny an«, sagte Bea unmissverständlich. »Wir müssen wissen, wo sie sich zur fraglichen Zeit aufgehalten hat. Und was der Grund ihrer überstürzten Abreise war. Hoffentlich hat sie ein gutes Alibi.« Bea pustete ihren Kranich vom Schreibtisch, nahm den Telefonhörer ab und schaltete auf Lautsprecher. Jenny meldete sich nicht, es kam nur eine Ansage, dass die Nummer vorübergehend nicht erreichbar war. Auch beim zweiten und dritten Versuch hatte sie keinen Erfolg.

»Und nun?«, fragte ihr Kollege. »Vielleicht befindet sie sich in einem Funkloch.«

»Du nun wieder!«

»Wir könnten uns den Tatort noch einmal ansehen. Vielleicht haben wir ja doch etwas Wichtiges übersehen.«

»Wir hätten Simone fragen müssen, ob sie ihrer Freundin anschließend von dem Verlauf des Treffens erzählt hat.« Bea ärgerte sich über sich selbst. Sie holte ein quadratisches Blatt Papier aus der Schreibtischschublade, strich gedankenverloren darüber und und faltete den Bogen mit wenigen Kniffen zu einem Kranich. »Schenk ich dir.«

»Echt? Hammer! Was du alles kannst. - Was macht eigentlich dein Friseur?«, erkundigte sich Jan Berg.

»Haare schneiden. Was sonst?«, erwiderte sie patzig.

»Okay.« Der Inselpolizist merkte, dass seine Kollegin nicht über ihr Liebesleben reden wollte. Die anfängliche Verliebtheit verflüchtigte sich wohl gerade. Das erfüllte Jan Berg mit einer gewissen Genugtuung, denn seiner Meinung nach war Bea viel zu schade für einen Haarkünstler, der sie mit seinem Angeberkaffeeautomaten verführt hatte. »Lass uns hier Feierabend machen und Richtung Kurhaus gehen. Da filmen die ja heute. Wir sollten uns die ganze Bagage aus der Nähe angucken.«

»Gute Idee.«

Sie hatten gerade das Dienstgebäude verlassen, als Beas Telefon klingelte und eine unbekannte Nummer anzeigte. Sie konnte den Anrufer nur schlecht verstehen, auch wenn sie das Handy mit der Hand abschirmte. Genervt drehte sie um. Jan Berg blieb bei ihr, er hatte den Namen Jenny fallen hören und spitzte die Ohren.

»Wie bitte? Sie sind die Freundin von Simone Hipp?« Den Vibrationsalarm seines Mobiltelefons ignorierte er, als er Gretje Blom auf dem Display erkannte. Er wollte lieber alles mitbekommen, was Jenny zu erzählen hatte. Nachdem Bea das Gespräch beendet hatte, sagte sie, Jenny habe mit der Sache nichts zu tun.

»Sie war wirklich bei ihrer Mutter im Krankenhaus und hatte auf der Station keinen Empfang. Als sie meine Nummer mehrmals in ihrer Anrufliste gesehen hat, dachte sie, es muss etwas Wichtiges sein, und hat zurückgerufen.«

»Das ist anständig von ihr.«

»Finde ich auch. Jenny sagt, Simone hat ihr nicht erzählt, was am Leuchtturm passiert ist.«

»Wenn ich das richtig mitgekriegt hab, hat Jenny ein Alibi?«

»Ja. Sie war den ganzen Abend im Saunabereich des Hotels und hat sich danach noch ein Glas Wein aufs Zimmer bestellt. Der Zimmerservice kann das bestätigen.«

»Schade. Dann scheidet sie also aus. Aber eigentlich bin ich ganz froh, dass sie nichts damit zu tun hat«, sagte Jan Berg und rief bei Gretje zurück. Er war neugierig, was sie denn so Dringendes zu erzählen hatte.

»Viel Spaß und schöne Grüße an Tante Gretje«, zog Bea Bissick ihn auf.

Zu seiner Verwunderung ging die Hobbyermittlerin nicht ran. Doch dann bemerkte er die Nachricht, die sie ihm geschickt hatte.

Wollt ihr wissen, wer die Pistole versteckt hat? Ich kann euch das wohl sagen! Kommt mal zum Kurplatz, bin mit Piet und Onno da zu finden. Sofort!

»Guck dir das mal an.« Jan Berg zeigte es Bea.

»Wenn die alte Lady man nicht immer so viel Seemannsgarn spinnen würde. Es wäre doch zu schön. Los, da wollten wir ja sowieso hin.«

Kapitel 15

Wie besprochen war Onno zu Knut gefahren. Gretjes *WartsAb* erwischte ihn am Leuchtturm. Die beiden gestandenen Insulaner schnackten über den Mord und gingen die Schauplätze noch einmal ab. Onno platzierte das Gretjemobil wieder da, wo sie es tags zuvor abgeholt hatten. »Den erkenne ich wieder«, sagte er gerade zu seinem Kumpel.

An den Bulli, der in der Nähe gestanden hatte, konnte Onno sich wieder erinnern, da ein auffälliger Aufkleber auf der Fahrertür klebte. Auch Knut fiel das wieder ein.

»Ich muss wieder los. Unsere Hobbydetektivin verlangt nach mir. Die kann ich nicht warten lassen.«

Knut grinste sich einen. »Denn man viel Spaß mit deinem alten Mädchen. Mal unter uns Männern …«, er zwinkerte Onno verschwörerisch zu, »du bist ganz schön scharf auf deine Gretje, oder?«

Onno rollte nur mit den Augen, wendete das Gretjemobil und warf den Motor an. »Dir hat ja wohl ’ne Möwe ins Hirn geschissen!«

Auf dem Kurplatz entdeckte er die Hobbyermittlerin, die beim Inselausrufer stand und ihm zuwinkte.

Stolz wie Bolle zeigte sie dem Ausrufer das Gretjemobil, schwang ihre Beine hinein und ließ sich von Onno rund um den Kurplatz kutschieren. Einige Passanten blieben stehen, bestaunten das Gefährt und erkundigten sich beim Ausrufer, bei welchem Fahrradverleih man das Mobil mieten oder vielleicht sogar kaufen könnte. Immer wieder erklärte er, dass es sich um ein Exklusivmodell handelte, das es nirgends zu kaufen oder zu mieten gab.

»Und nun?«, fragte Onno nach der Ehrenrunde.

»Nun warten wir auf unsern Inselpolizisten. Ich hab ihm Bescheid gesagt, er soll so schnell wie möglich herkommen. Dem will ich das Rad auch vorführen.«

»Das kennen die doch schon.« Onno tippte sich an die Stirn. »Bei ihren Ermittlungen haben die sich das doch schon angeguckt. Wirst du langsam vergesslich, mein olles Mädchen?«

»Die haben aber etwas übersehen«, sagte sie bedeutungsvoll. »Und dann will ich mir die Hochtiedsstuv noch von innen angucken.«

»Was willst du? Gretje, du willst doch nicht etwa …?«, stieß er ungläubig hervor.

Piet grinste sich einen, denn Gretje hatte ihn eingeweiht in ihren Plan. »Hättest du denn was dagegen, wenn …?«, foppte er Onno Fokken.

»Wogegen sollte ich was haben?«, grummelte Onno.

»Wenn Gretje sich das Bett für die Hochzeitsnacht schon mal ansieht?« Und zu Gretje gewandt sagte er: »Du wolltest doch die Matratze testen, nicht wahr?«

Die Antwort blieb Gretje ihnen schuldig, denn nun sah sie die Ermittler, die soeben den Brunnen auf dem Platz passiert hatten. Sie hob ihren Gipsarm und winkte ihnen zu.

***

»Da bin ich aber gespannt, was du an Neuigkeiten für uns hast«, meinte Bea spitz.

»Psst. Nicht hier, vor den ganzen Leuten. Kommt mal mit. Wir gehen hinters Badehaus. Da sind wir ungestört.«

Gretje kletterte wieder in das Lastenrad und ließ sich von Piet hinfahren. Bea und Jan wechselten einen Blick und beeilten sich, hinterherzukommen.

»Und nun raus mit der Sprache. Woher weißt du, wer die Tatwaffe in dem Rad abgelegt hat?«, fragte Jan Berg, als sie ungestört waren.

»Hier. Seht euch das mal an.« Sie zeigte auf die von Onno kunstvoll gemalte Friesenrose. »Fällt euch nichts auf?«

Bea Bissick und Jan Berg gingen in die Hocke und sahen genauer hin. »Ist wirklich schön«, meinte der Hauptkommissar.

»Die ist nicht ganz sauber gearbeitet. Hier ist die Farbe etwas verschmiert«, erkannte Bea. Mit dem Finger tippte sie auf die rosarote Blüte, die an einem Rand etwas verwischt aussah.

»Richtig erkannt!«, lobte Gretje.

Onno besah sich die Stelle ebenfalls. »Das ist aber nicht von mir. Ich hab die Blüte astrein gemalt, ohne Schmierereien.«

»Dat will ich dir wohl glauben. Alles, was du machst, machst du mit der nötigen Sorgfalt.« Sie tätschelte seinen Arm. »Die Schmiererei muss passiert sein, als die Farbe noch nicht ganz trocken war.«

Bei den Ermittlern und auch bei Onno dauerte es einen Moment, bis sie erfassten, worauf die ostfriesische Miss Marple hinauswollte, und es bei ihnen Klick machte. »Du meinst, die Farbe ist verwischt, als der Täter die Waffe reingelegt hat?«

»Richtig.«

»Und nun wirst du uns wahrscheinlich auch noch sagen können, wer es war.« Bea stand mit vor der Brust verschränkten Armen vor Gretje. Sollte Gretje Blom ihr wieder eine Nasenlänge voraus sein?

»Hier.« Gretje zeigte ihnen ein Foto. »Seht euch das mal genau an.« Es war die Aufnahme, auf der sie mit Tess Andersen und Mika posierte. An Tess' Ärmel schimmerte ein rosa Farbfleck. »Na? Das ist doch wohl mal ein anständiger Beweis, oder? Eins zu null für mich!«, freute Gretje sich und schickte das Foto an den Hauptkommissar.

»Kannst du uns auch noch sagen, wo das Expertenteam sich zurzeit aufhält?«, fragte Bea ungläubig.

»Um vierzehn Uhr wird in der Hochtiedsstuv gedreht. Da werden die beiden sicher zu finden sein. Aber vorher«, Gretje sah nach, wie spät es war, »vorher inspiziere ich höchstpersönlich das Liebesnest.« Sie nickte Piet zu, er sollte sie dorthin begleiten.

Von der Filmszene, die in der Bibliothek gedreht wurde, erzählte Gretje den beiden nichts. Die Täterin konnten sie noch früh genug überführen. Gretjes Meinung nach bestand keine Fluchtgefahr, die Experten in Sachen Liebe wiegten sich in Sicherheit.

Onno Fokken blieb bei den Ermittlern zurück. Er erzählte ihnen von dem Bulli, der in Tatortnähe gestanden hatte und den er mit Sicherheit wiedererkennen würde.

»Ich glaub, ich weiß auch, wem der gehört«, tat er geheimnisvoll. »Wenn ich richtig informiert bin, dann ist das der Bulli von diesem Fernsehexperten, diesem Mika.«

»Woher hast du denn deine Info?« Jan Berg misstraute dem Geschwätz des alten Seebären, der sich damit womöglich nur wichtigmachen wollte.

Onno kratzte sich am Kopf und sagte, so genau wüsste er das nicht mehr.

»Von Gretje, oder?«, vermutete Bea. »Von wem denn sonst?«

»Kann wohl sein. Ich muss denn auch wieder los. Nach dem Bulli Ausschau halten. Auftrag der Chefin.« Mit langen Schritten ging er zum Hinterausgang des Konversationshauses.

Belustigt blieben die Kommissare zurück.

»Auftrag von der Chefin«, grinste Bea. »Die Alte hat ihre Männer aber richtig im Griff. Da kann ich mir noch 'ne Scheibe von ihr abschneiden. Wir hätten noch Zeit für einen kleinen Mittagsimbiss. Mir knurrt schon der Magen.«

Jan Berg stimmte erfreut zu. »Dann sind wir wenigstens gut gestärkt, wenn wir uns Tess Andersen schnappen. So, wie ich die einschätze, wird das kein leichtes Spiel mit ihr. Die wird versuchen, uns mit ihren Psychotricks zu manipulieren.«

»Keine Bange, das kann ich auch«, erwiderte Bea.

»Wollen wir doch mal sehen, wer das Duell gewinnt.«

»Was meinst du, findet Onno den Bulli?«, fragte sie.

»Gut möglich.«

»Wer weiß, welche Quellen Gretje wieder angezapft hat. Was die aber auch immer alles spitzkriegt. Es ist aber auch nicht weiter tragisch, wenn er ihn nicht findet. Dann fragen wir Mika einfach danach. Wir sehen ihn und Tess ja gleich.«

Die Ermittler holten sich Fischbrötchen und überlegten beim Essen, ob Mika und Tess den Mord gemeinsam begangen haben könnten. »Auf wen tippst du?«, fragte Bea Bissick ihren Kollegen.

»Auf Tess Andersen. Die Farbflecken sind schließlich ein eindeutiger Beweis. Sie hat die Pistole verschwinden lassen.« Der Hauptkommissar war sich ziemlich sicher. »Wenn Tess Andersen allerdings gewusst hätte, wem sie die Tatwaffe untergejubelt hat, dann hätte sie die bestimmt anderweitig entsorgt.«

»Dumm gelaufen, würde ich sagen.« Bea wischte sich den Mund ab. »Wir werden die Wahrheit schon noch ans Licht holen. Lass uns erst einmal mit den Liebesexperten auf dem Revier sein.«

Kapitel 16

Die letzten Meter bis zur Hochtiedsstuv mussten Piet und Gretje zu Fuß zurücklegen. Das kleine Haus lag im Wäldchen, an das sie mit dem Gretjemobil nicht bis vor die Tür heranfahren konnten. Sie waren fast angekommen, als Manuel sich mit neuen Infos meldete. Er entschuldigte sich, dass er es nicht früher geschafft hatte, es war unmöglich, schrieb er. Dann folgte eine Liste an Piet:

1. Der Bulli gehört Mika.
2. Tess hatte einen Leihwagen, einen Mini.
3. Als ich aus Mikas Bulli etwas holen sollte, ist mir eine Tasche aufgefallen, die nach einer Frauenhandtasche aussah.
4. Gruß an Gretje, sag ihr, ich habe die Tasche nicht angepackt.
5. In einer halben Stunde sind wir an der Hochtiedsstuv.
6. Was gibt's heute Abend bei euch zu essen?

»Der Bengel ist Gold wert«, schmunzelte Gretje. »Wetten, das ist die Tasche von Marlyn?«

»Der hätte doch wenigstens mal reinschauen können.«

»Und seine Fingerabdrücke hinterlassen? Mann, Piet!« Sie schüttelte den Kopf, dachte er denn gar nicht mit? »Guck mal, der Ausrufer wartet schon auf uns.«

Er öffnete die Pforte und ließ Gretje und Piet eintreten. »Denn man hinein in die gute Stube«, sagte er grinsend. Sie durchquerten alle Räume, eine kleine Küche, das Zimmer, in dem die standesamtlichen Trauungen vollzogen wurden, und zum Schluss gingen sie in das Schlafgemach.

Gretje kicherte beim Anblick eines niedlichen Teddybärpärchens, das auf dem Bett thronte.

»Das ist ja voll romantisch«, sagte sie. »Aber für so'n Tüddelkram bin ich denn doch zu alt.«

»Auch für die Liebe?«, neckte Piet.

»Du oller Döspaddel.« Sie zwinkerte ihm zu und drückte fest seine Hand.

Der Ausrufer beobachtete schmunzelnd, wie die beiden alten Leutchen miteinander umgingen. Aber schon bald drängte er zum Aufbruch. »Das Fernsehen ist bereits unterwegs, ich muss wieder abschließen.«

Die beiden Senioren setzten sich auf eine Bank bei der Hochtiedsstuv und warteten voller Spannung auf die Filmleute und auf die Ermittler. Auch Onno fand sich ein und konnte ihnen sagen, wo er den Bulli entdeckt hatte.

»Wo steht er denn?«, wollte Gretje wissen.

»Ganz in der Nähe. Wenn man aus dem Wäldchen kommt und dann sofort links geht, dann kann man ihn schon sehen. Dat Kennzeichen habe ich auch.«

»Gute Arbeit, Onno«, lobte Gretje. »Ich glaub, das geht jetzt gleich los.« In einiger Entfernung hatte sie die Filmleute erblickt, in wenigen Minuten würden sie da sein.

***

Die Filmleute schauten nicht nach rechts oder links, als sie ankamen. Die Zuschauer auf der Bank nahmen sie überhaupt nicht wahr, so sehr waren sie damit beschäftigt, ihre Kameras auszurichten und die Technik vorzubereiten. Nur Manuel blieb kurz stehen und grüßte. Einige von ihnen gingen ins Haus, andere positionierten sich in dem eingezäunten Gärtchen und behielten die Pforte mit den ineinander verschlungenen Ringen im Auge. Wenig später erschienen auch Daniel und Simone in Begleitung von Tess und Mika.

»Junge, Junge, Junge«, sagte Gretje. »In deren Haut möchte ich auch nicht stecken.«

»Wo bleiben denn bloß Bea und Jan?«, flüsterte Piet ihr zu.

»Sie lassen ihnen den Vortritt«, grinste die Hobbydetektivin.

Tess Andersen steuerte gut gelaunt auf Gretje zu, sie amüsierte sich offenbar über ihre männliche Begleitung. »Ich glaube, für *Hochtied first* brauchst du dich nicht anmelden, liebe Gretje.« Sie deutete auf die beiden Männer, die an Gretjes Seite saßen.

»Dat sind bloß gute Kumpels von mir, mehr nicht«, entrüstete sie sich.

»Verstehe«, sagte Tess. »Wir sprechen später nochmal. Erst wird gearbeitet.«

»Verstehe«, erwiderte Gretje und sah ihnen nach, wie sie in der Hochtiedsstuv verschwanden.

Wie aus dem Nichts tauchten plötzlich die Ermittler auf.

»Sie sind drin«, sagte Gretje zu ihnen. »Tess Andersen hat noch immer die Jacke mit dem Farbfleck an. Hat sie anscheinend noch nicht gemerkt.«

»Der Bulli steht ganz in der Nähe«, teilte Onno mit.

»Und die Tasche des Opfers befindet sich in dem Bulli«, fügte Gretje noch an.

»Gute Arbeit!«, lobte Jan Berg die SOKO Inselflitter. »Dann sind wir jetzt am Zuge.«

»Jau. Denn nehmt sie man gleich fest«, brummelte Onno.

»So schnell geht das auch nicht«, lachte Bea Bissick. »Jan, wir postieren uns an der Tür. Du rechts, ich links. Wenn unsere Experten herauskommen, schnappen wir sie uns. Verstanden?«

»Wie sprichst du eigentlich mit mir? Glaubst du, ich weiß nicht, was zu tun ist? Immer noch Stress mit deinem Lover?«

»Wie bitte?«, zischte Bea. Doch jetzt war nicht die Zeit für dumme Sprüche, jetzt musste gehandelt werden. Gretjes

Spruch kam ihr in den Sinn: Nicht lang schnacken, lieber gleich den Täter packen! Bea grinste still in sich hinein.

Schon bald wurde die Tür der Hochtiedsstuv einen Spalt breit geöffnet. Der Rücken eines Kameramanns war zu sehen, der das junge Paar filmte. Mit etwas Abstand folgten nun auch die Experten, Tess Andersen und Mika Lundberg.

***

Gretje Blom wollte sich die Festnahme nicht entgehen lassen. Nichts hielt sie auf der Parkbank, sie stellte sich an den Zaun, winkte und rief dem Paar ihre Glückwünsche zu. Dass die beiden hier nicht frisch getraut worden waren, war ihr egal. Glück kann man immer brauchen, dachte sie sich. Außerdem wollte sie nur ablenken, was ihr offensichtlich auch geglückt war. Denn die Liebesexperten hatten Jan Berg und Bea Bissick nicht bemerkt, die ihnen jetzt den Weg versperrten.

Vor laufender Kamera wurden Tess Andersen und Mika Lundberg in Polizeigewahrsam genommen.

Kapitel 17

»Was wollen Sie eigentlich von uns?«, zickte Tess Andersen die Ermittler an.

»Sie beide stehen unter dem dringenden Verdacht, Marlyn Beyer heimtückisch ermordet zu haben«, klärte Bea sie knapp auf und legte ihnen Handschellen an. Tess bekam Schnappatmung und Mika sah aus, als würde er auf der Stelle explodieren. Gretje, Piet und Onno schauten gebannt zu, bis Onno rüberging zu den Kommissaren. Er meinte, sie könnten die Unterstützung eines stattlichen, alten Seebären gut brauchen. Piet hielt es nun auch nicht mehr auf der Bank und auch Gretje setzte sich in Bewegung.

»Gibt's Probleme?«, wandte Onno Fokken sich an Jan Berg.

»Wir haben das schon im Griff. Aber ist ganz gut, wenn Zeugen dabei sind. Wo steht denn das Gretjemobil?«

Piet zeigte in die Richtung und lief ihnen voran. »So, da wären wir.«

»Darf ich mal?«, sagte Bea zu Tess und machte sich an deren Ärmel zu schaffen. »Frau Andersen, Ihnen ist ein wirklich dummer Fehler unterlaufen. Ein bisschen mehr Achtsamkeit könnte Ihnen nicht schaden. Aber wenn man bei Nacht und Nebel mordet, kann das in der ganzen Aufregung natürlich schon mal passieren.«

Die Liebesexpertin verzog kaum merklich ihre Miene. »Fassen Sie mich nicht an«, keifte sie. »Wovon reden Sie eigentlich?«

»Von der Farbe an Ihrem Ärmel. Sehen Sie mal. Hier.« Bea zeigte auf die malerische Friesenrose auf dem Lastenrad. »Sehen Sie das hier? Die Farbe ist verwischt. Und seltsamerweise finden sich identische Farbspuren an Ihrer Jacke wieder. Wenn Sie Wert darauf legen, lassen wir das natürlich labortechnisch untersuchen.«

Tess Andersen fluchte leise. Mit einem eisigen Blick zu Mika sagte sie: »Du Idiot, alles wegen dir. Das war doch deine Idee mit dieser verfickten Kiste hier.«

»Ach? Und wer ist in der Nacht um den Leuchtturm geschlichen?«

Bea wechselte einen Blick mit ihrem Kollegen. »Mitkommen!«, befahl der Hauptkommissar. Sie gingen hinüber zu Swantje Robben, die das Polizeifahrzeug vorfuhr.

»Seid ihr eigentlich nur bescheuert?«, schrie Tess Andersen die Kameraleute an, die ihnen immer noch auf den Fersen waren und filmten, wie sie in dem Streifenwagen Platz nahmen. »Ihr fliegt alle raus! Das verspreche ich euch, ihr Vollpfosten!«

Daniel und Simone standen noch immer Hand in Hand herum und sahen Gretje Blom fragend an. »Warum?«, sagte Daniel immer wieder.

»Habt ihr keine Idee, warum die das getan haben könnten?«

»Wir?« Simone war den Tränen nahe. »Wir haben denen voll vertraut. Tess und Mika sind so einfühlsame Begleiter in Sachen Liebe. Die haben das so gut drauf, das alles mit der Psychologie. Wie die uns immer wieder ermutigt haben, wenn wir nicht weiterwussten, und wie toll die uns immer alles erklären konnten. Ich kann das nicht glauben, dass die beiden Marlyn getötet haben sollen«, sagte Daniel.

»Das ist ja auch gut möglich, dass es nur einer gewesen ist«, stellte Gretje richtig. »Wer sagt denn, dass die das gemeinschaftlich geplant haben?«

***

Auf dem Weg zum Polizeirevier musste Swantje noch einen Zwischenstopp an Mikas Bulli einlegen. Die Ermittler forderten den Besitzer auf, den Bulli aufzuschließen, dann schauten sie sich darin um. Eine provisorische Schlafstelle war eingerichtet, alles sehr gemütlich und übersichtlich.

»Aha. Da haben wir ja das gute Stück.« Bea fischte eine Umhängetasche unter einem Berg Zeitschriften hervor. »Ist das Ihre Tasche, Herr Lundberg?«

»Nein. Das ist nicht meine. Wie kommt die denn dahin? Wem gehört die?«, fragte er nach Luft ringend. »Die ist nicht von mir. Was ist denn drin?«

Bea hatte längst einen Blick hineingeworfen. Sie zog eine Geldbörse heraus, in der sich auch die Papiere der Besitzerin befanden. »Die Tasche gehört Marlyn Beyer.«

»Ehrlich, ich schwöre, ich habe keine Ahnung, wie die Tasche in mein Fahrzeug kommt. Ich weiß gar nichts mehr. Und ich sage auch nichts mehr ohne meinen Anwalt.«

»Das steht Ihnen natürlich frei. Aber jetzt fahren wir erst einmal aufs Revier und dann erzählen Sie uns in aller Ruhe, was Sie in der Mordnacht auf dem Parkplatz am Leuchtturm gemacht haben.«

»Das kann ich Ihnen auch so sagen. Ich habe geschlafen. Hier in meinem Bulli. Das mache ich immer, wenn wir auf Tour sind. Das spart Kosten und Ärger. Nach einem langen Arbeitstag bin ich froh, wenn ich den ganzen Kram hinter mir lassen und für mich sein kann.«

Tess wirkte angespannt, als Bea mit Mika zum Streifenwagen zurückkehrte. Mit unbeweglicher Miene hing sie in ihrem Sitz auf der Rückbank. »Was ist los?«, flüsterte sie Mika zu.

»Klappe!«, knurrte der und schwieg.

Swantje Robben chauffierte sie anschließend zum Polizeirevier. Jan Berg war bereits vor ihnen da und hatte einen Kaffee aufgesetzt. Er hatte sogar noch ein Stückchen Kuchen für seine Kolleginnen und sich besorgt. Bevor sie mit dem Verhör anfangen wollten, brauchte er eine kleine

Stärkung. Wahrscheinlich würde es heute Abend spät werden.

»Wie wollen wir vorgehen?«, fragte Jan Berg die Hauptkommissarin. »Wie bei Daniel und Simone? Getrennt voneinander?«

»Ja. Auf alle Fälle.« Bea legte ein Stück Pflaumenkuchen auf ihren Teller. »Mir will das nicht in den Kopf. Warum? Was haben die für ein Motiv?«

In Swantjes Augen blitzte es auf. »Ich habe eine Vermutung«, sagte sie vorsichtig. »Ich hab mich mal im Internet umgesehen und geguckt, was ich alles zu der Sendung finden konnte.«

»Nun spann uns nicht auf die Folter«, sagte Bea.

»Die Einschaltquoten sind nicht doll.«

»Ja, und?« Damit konnte Jan Berg nicht viel anfangen. Es interessierte ihn nicht, wie die Einschaltquoten für diesen Schwachsinn waren.

Swantje rollte mit den Augen und erklärte ihre Theorie.

»Da bin ich aber jetzt gespannt, ob das zutrifft«, sagte Bea. Sie nahm sich noch einen Kaffee, eine etwas längere Wartezeit gehörte zu ihrer Taktik, die die Verdächtigen mürbe machen sollte. Die beiden hatten sie derweil in den beiden Arrestzellen untergebracht. Die zweite Zelle war noch ganz neu, es war ein umgebauter ehemaliger Lagerraum ohne Fenster. »Erstbezug«, spöttelte Bea. »Für Tess kommt sicher nichts anderes infrage.«

»Mit wem wollt ihr denn anfangen?« Swantje konnte es kaum abwarten, dass es endlich losging. »Ich hab gedacht, ich kümmre mich dann so lange um den anderen. Kriegen die auch gleich einen Kaffee?«

»Sicher. Wir sind ja keine Unmenschen«, grinste Jan Berg. »Wir fangen mit Tess an. Ladys first.«

Bea schnaubte tief. »Denn man los«, eröffnete sie die Vernehmung nach einem Blick auf die Uhr.

***

Tess Andersen war es nicht gewohnt, sich etwas sagen zu lassen. Sie begehrte auf, bestand auf einen Anwalt, auf den Anwalt ihres Vertrauens.

»Natürlich«, sagte Bea und gab ihr das Telefon, um ihn anzurufen.

Tess tippte die Nummer ein und verdrehte die Augen, da sie ihn nicht sofort an die Strippe bekam. Er war noch bei einem Mandanten, würde aber zurückrufen, teilte seine Sekretärin ihr mit.

»Ohne Erfolg?«, fragte Bea scheinheilig und schlug vor, mit den Formalien und den leichter zu beantwortenden Fragen zu beginnen.

»Wenn Sie sich nichts haben zuschulden kommen lassen, können wir die Wartezeit doch etwas verkürzen. Ihr Anwalt kommt heute mit Sicherheit nicht mehr.«

Frau Andersen schlug die Beine übereinander und schmiegte ihren Rücken an die hölzerne Stuhllehne. Bequem ist das nicht, ging es Bea durch den Kopf. Aber wenn man in der Zwickmühle steckte und trotzdem souverän rüberkommen wollte, nahm man das schon mal in Kauf.

»Einverstanden. Fangen wir an«, entschied Tess Andersen.

Jan Berg begann die ersten Fragen zu stellen, Bea beobachtete Mimik und Gestik der Verdächtigen. Sie war geschult darin, das zu interpretieren.

»Frau Andersen, was haben Sie in der Tatnacht am Leuchtturm zu suchen gehabt? Dass Sie sich dort aufgehalten haben, ist ja wohl unstrittig.«

Tess wollte etwas einwenden, doch der Hauptkommissar ließ sich nicht unterbrechen. Er forderte sie erneut auf, die Frage, und nur diese Frage, zu beantworten.

»Wie Sie ja sicher schon wissen, hatte mein Schützling Daniel mich um Rat gefragt, da seine ehemalige Freundin sich mit ihm für eine Aussprache treffen wollte.« Die Kommissare nickten. »Er war so verunsichert, der Arme. Er konnte Marlyn gut einschätzen, er war ja lange genug mit ihr zusammen gewesen. Er machte glaubhaft, dass Frau Beyer eine schwierige Persönlichkeit ist, die in speziellen Situationen zu Extremhandlungen neigt. Daniel hatte Sorge, Marlyn würde selbst vor einem Suizidversuch nicht zurückschrecken. Das hatte sie in der Vergangenheit schon einmal gemacht, als er sich von ihr trennen wollte.«

»Gut. Und weiter?«

»Also … ich habe ihm geraten, sie zu treffen. Man sollte nicht im Hass auseinandergehen. Es gibt ja immer auch gute Zeiten, die man nicht vergessen darf.« Bea konnte der Psychologin in der Hinsicht voll und ganz zustimmen. Die Dame war verdammt gut darin, Menschen für sich zu gewinnen. Aufmunternd sah sie Tess an, die daraufhin fortfuhr.

»Als ich die Nöte des jungen Mannes wahrnahm, habe ich für mich beschlossen, ihn in der schweren Stunde nicht allein zu lassen. Ich hatte mir überlegt, zum Leuchtturm zu fahren und ihn und sie zu beobachten. Natürlich so, dass man mich nicht sieht. Ich wollte mich nur im Notfall zu erkennen geben.«

»Und warum haben Sie das nicht getan? Es lag doch ganz offensichtlich ein Notfall vor. Oder wie würden Sie das bezeichnen?«, konnte Bea sich nicht mehr zurückhalten.

»Wer konnte denn ahnen, dass die Frau plötzlich einen Revolver zieht? Ich jedenfalls nicht! Ich wollte doch nur meine Hilfe anbieten und vermitteln. Vom Sender hätte ich ein nettes Sümmchen lockermachen können, damit Marlyn ihn in Ruhe lässt.«

»Sind Sie wirklich so naiv?«, giftete Bea. »Glauben Sie wirklich, eine werdende Mutter lässt sich mit ein paar Euro abspeisen?« Missbilligend schüttelte sie den Kopf. Bea Bissick wusste nur zu gut, wie es war, ein Kind allein großzuziehen.

»Bitte keine Beleidigungen. Wir sollten doch wie erwachsene Menschen miteinander umgehen. Auf Ihr Niveau, Frau Bissick, lasse ich mich nicht herab.« Tess Andersen tat wohl das, was sie in ihren Therapiestunden auch machte. Bea seufzte vernehmlich und drängte darauf, fortzufahren.

»Haben Sie Ihren Kollegen eingeweiht in Ihre Pläne?«, übernahm Bea nun das Zepter.

»Um Gottes willen. Der wusste nichts davon. Ich bin sicher, der hatte seine eigenen Pläne, weshalb es mich auch nicht allzu sehr verwundert hat, als ich seinen Bulli auf dem Parkplatz stehen sah. Er ist ein Einzelgänger, müssen Sie wissen. Nicht sehr teamfähig. Wenn wir gemeinsam auf Tour sind, übernachtet er häufig in seinem winzigen Campingbus. Er hat ihn mir schon mal von innen gezeigt. Es ist furchtbar klein, aber zweckmäßig und, man könnte sagen, ganz gemütlich.«

»Und an dem Abend haben Sie nicht bei ihm angeklopft und eben Hallo gesagt?«

Tess schüttelte den Kopf. »Der will dann seine Ruhe haben.«

Bea nahm ihren Kranich von der Tastatur und spielte mit seinen Flügeln. »Erzählen Sie bitte weiter. Wo haben Sie sich versteckt und was haben Sie beobachtet.«

»Ich konnte die beiden ja immer nur erkennen, wenn der Lichtschein des Turms auf sie fiel. Aber hören konnte ich sie ganz gut. Sie haben sich heftig gestritten und Marlyn wurde immer lauter. Daniel stand da wie ein dummer kleiner Junge, der ausgeschimpft wird. Dann zeigte sie ihm etwas und schrie: ›Guck dir das mal genau an. Das ist dein Kind! Unser Kind! Das Kind braucht einen Vater. Hör auf mit dem Quatsch, werde endlich vernünftig und übernimm gefälligst die Verantwortung für diesen Winzling. Lass dich scheiden!‹ Sie hat sich an ihn gedrückt und wohl versucht, ihn zu küssen, doch Daniel hat die Annäherungsversuche abgewehrt. Das hat sie erst recht rasend gemacht. Und dann …«

»Und Sie haben Mika nirgends gesehen? Er muss das doch auch mitbekommen haben, wenn die so laut waren, wie Sie behaupten. Das muss er doch gehört haben«, wandte Jan Berg ein. Tess hob die Schultern. Sie hatte ihn auf jeden Fall nicht bemerkt, falls er in der Nähe gewesen sein sollte. »Dann gibt es also niemanden, der das alles bezeugen kann?«

»Leider nein. Hätte ich Mika doch bloß Bescheid gegeben.«

Bea übernahm wieder. »Wir waren stehengeblieben bei: und dann … Bitte fahren Sie fort.«

»Und dann sah ich, wie sie plötzlich eine Pistole in der Hand hatte und rief: ›Wenn du es schon nicht willst, dann soll mein Kind wirklich ohne Vater aufwachsen.‹ Sie hat auf Daniel gezielt. Aber in dem Moment hörte ich Simone etwas rufen. Sie war schon nahe bei Daniel. Blitzschnell hat der reagiert und versucht, Marlyn den Revolver aus der Hand zu schlagen, als sie sich umgedreht hatte. Dabei ist Marlyn gestürzt. Sie kam nicht wieder hoch. Simone hat die Waffe mit dem Fuß weggekickt und dann sind die losgerannt, als wäre der Teufel hinter ihnen her.« Tess atmete heftig bei der Schilderung. Ihre Hände zitterten, auch wenn sie krampfhaft versuchte, es zu verbergen.

»Und was haben Sie dann gemacht?«

»Nichts. Ich war so geschockt. Ich habe überhaupt nicht realisiert, welches Drama sich soeben vor meinen Augen abgespielt hatte.«

»Dann sind Sie also noch eine Weile stehen geblieben. Lag Marlyn die ganze Zeit am Boden? Oder hat sie die Waffe genommen und gegen sich selbst gerichtet?«

»Nach ein paar Minuten bin ich zu ihr hin und wollte sehen, ob ich ihr helfen kann. Mein Handy hatte ich im Auto liegen lassen. Sie lebte. Sie atmete schwach und sagte etwas, ich konnte es aber nicht verstehen. Ich hab ihr gesagt, ich hole Hilfe. Ja, und dann bin ich zum Auto zurück, das hat ungefähr fünf Minuten gedauert. Ich hab den Erste-Hilfe-Kasten rausgeholt und wollte den Notruf absetzen, als ich einen Schuss hörte.«

»Nur einen oder mehrere?«

»Nur einen«, flüsterte Tess. »Es war so gespenstisch. Und dann sah ich Mika, der zu seinem Bulli rannte und etwas fest gegen den Brustkorb drückte. Ich habe mich geduckt, damit er mich nicht sieht, und bin losgefahren.«

»Und den Notruf haben Sie darüber völlig vergessen?«, sagte Bea spitz.

Tess schlug die Augen nieder. »Ja«, hauchte sie. »Mika war's. Ich meine auch, gehört zu haben, wie er vor dem Schuss sagte: Wir haben für jedes Problem eine Lösung. Danach hat er abgedrückt.«

»Tolle Story. Mir ist aber immer noch nicht klar, wieso und vor allem auch wann Sie die Tatwaffe aufgehoben und versteckt haben. Sie hatten doch nichts zu befürchten.«

Über Frau Andersens Wange kullerte eine Träne. Sie wischte mit dem Handrücken darüber und erzählte stockend weiter. »Ich, ich hab auf halber Strecke umgedreht. Ich hatte so ein schlechtes Gewissen. Ich wollte nach ihr schauen. Aber als ich ankam, da war sie schon tot und die Waffe lag so da, als wäre sie ihr aus der Hand gefallen.«

Unruhig rutschte Tess Andersen auf ihrem Stuhl herum. Sie sah auf die Uhr, Bea ebenfalls. Sie hatten sie schon eine ganze Stunde in der Mangel. Zeit für eine kurze Unterbrechung. Tess versuchte noch einmal ihren Anwalt zu erreichen, diesmal ging nur die Mobilbox dran.

»Sehen Sie«, betonte Bea, »wir können Sie höchstens für unterlassene Hilfeleistung drankriegen. Vorausgesetzt, Sie haben uns die Wahrheit gesagt. Dann wollen wir mal hören, was Ihr Kollege dazu meint.«

»Der wird versuchen, sich fein rauszureden, das kann ich Ihnen jetzt schon versichern.«

Bea lüftete einmal durch, holte frischen Kaffee und tauschte sich mit Jan aus. Die Geschichte klang so unwahrscheinlich. Es fiel ihnen schwer, ihr zu glauben, auch wenn Mimik und Gestik echt und glaubwürdig rüberkamen.

Mika Lundberg war ebenfalls sehr nervös. Bei ihm wollte Jan Berg mit der Befragung beginnen. Er stellte die gleichen Fragen wie vorhin. Der Experte für Liebe und Glück war in seinen Antworten wesentlich konkreter, er hatte nicht die Angewohnheit, unnötig viele Worte zu machen. Über das, was seine Kollegin ausgesagt hatte, verloren sie kein Wort. Mika fragte aber auch nicht danach.

»Wie wir gehört haben, waren Sie in der Tatnacht am Leuchtturm mit Ihrem Bulli. Ist das richtig?«

»Ja. In den eigenen vier Wänden schlafe ich am besten. Außerdem wollte ich mich mit der Location für den nächsten Drehtag schon mal vertraut machen.«

»Haben Sie noch mit dem Leuchtturmwärter gesprochen?«, fragte Jan Berg.

»Nein. Der war zwar noch da, aber der hatte Besuch. Da wollte ich nicht stören.«

»Über das Treffen zwischen Daniel Hipp und Marlyn Beyer waren Sie informiert?«

»Ja. Tess hatte es mir erzählt. Daniel hatte sie um Rat gebeten. Ich hielt es auch für das Beste, wenn die beiden sich aussprechen.«

»Waren Sie die ganze Zeit in Ihrem Bulli? Allein oder hatten Sie Besuch?«

»Sie meinen, ob das jemand bezeugen kann?« Mika grinste. »Ein Freund von mir war da, er ist über Nacht geblieben.«

»Ist das nicht ein bisschen eng zu zweit?«, warf Bea ein.

»Kuschelig, würde ich sagen. Ich bin schwul«, outete er sich. »Sie können Hendrik gern fragen, er ist noch auf der Insel.« Mika gab ihnen die Nummer. Weiter erzählte er, dass er mit Hendrik an die Luft gegangen war, als sie Schritte hörten. »Es waren zwei Personen, die es ziemlich eilig hatten. Die Autotüren wurden zugeknallt, dann fuhr der Pkw mit quietschenden Reifen davon.«

»Konnten Sie erkennen, wer das gewesen war?«

»Nee. Das ging alles viel zu schnell. Wir sind über den Parkplatz gelaufen und dann hörten wir einen Knall. Es könnte ein Schuss gewesen sein. Nicht besonders laut, dann war es still. Ich dachte, ich hätte mich verhört, oder jemand hat eine Sektflasche knallen lassen. Das hat uns auf die Idee gebracht, selber noch einen Sekt aufzumachen. Als ich nochmal vor die Tür musste, sah ich einen Schatten zum Eingang des Turms laufen. Sie bückte sich und dann verschwand sie lautlos im Dunkel. Die Person konnte ich nicht erkennen. Die Statur passt aber zu Tess Andersen.«

»Aber warum sollte Tess Andersen die schwangere Frau umbringen?«, fragte Jan Berg.

»Weil sie Angst hat um ihren Job. Das wäre der einzig denkbare Grund. Sie ist manchmal sehr speziell. Man sagt doch allgemein, dass wir Psychologen oft selbst therapiebedürftig sind. Und das stimmt auch. Tess hat ihr Studium übrigens bei der Bundeswehr absolviert. Sie war Zeitsoldatin. Und ihr Lieblingsspruch ist: Wir finden für jedes Problem eine Lösung.«

Bea schluckte bei dem Ausspruch. Genau so hatte Tess formuliert, was Mika zu Marlyn gesagt haben sollte.

»Und dann haben Sie und Hendrik sich einen schönen Abend gemacht?«

Er nickte. »Wir hatten ja keine Ahnung, was geschehen war. Aber?« Fragend sah er die Ermittler an. »Ich hab doch gehört, es soll ein Selbstmord gewesen sein. Stimmt das denn nicht?«

»Das versuchen wir gerade herauszufinden. Aber das mit der Angst um den Job verstehe ich nicht. Sie hatten uns doch letztens noch erzählt, dass Sie Wahnsinnseinschaltquoten haben.«

Mika grinste. »Natürlich. Wir müssen uns nach außen hin immer gut darstellen. Wenn wir von Wahnsinnsquoten sprechen, dann sind das allerdings wahnsinnig schlechte. In den letzten Staffeln haben sich viele Paare innerhalb der ersten zwei Monate scheiden lassen. Wir haben einen enormen Erfolgsdruck. Wenn Daniel und Simone nicht zusammenbleiben, war's das mit *Hochtied first*.«

»Was ist denn nun eigentlich mit der Tasche des Opfers, die wir in Ihrem Auto gefunden haben? Wie ist die in den Bulli gekommen?«

»Ich weiß es nicht. Ehrlich. Mag sein, dass Tess die Tasche unauffällig reingelegt hat. War's das jetzt?«

»Für heute ja. Sie verstehen aber sicher, dass wir Sie noch hierbehalten müssen. Auf alle Fälle so lange, bis wir Ihren Zeugen überprüft haben.«

»Mist! Hatte mir den Abend heute irgendwie anders vorgestellt. Noch ein bisschen chillen und so. Könnte ich denn wenigstens einen Happen zu essen bekommen? Und sagen Sie jetzt bitte nicht: Wasser und Brot!«

Bea grinste. »Hören Sie mal, mein Magen knurrt auch. Wir kümmern uns drum. Wir sind doch keine Unmenschen. Wir bestellen Pizza. Besondere Wünsche?«

Kapitel 18

Nach dem ereignisreichen Nachmittag waren Gretje, Piet und Onno froh, wieder in der Friesenrose zu sein. Für sie gab es nur ein Gesprächsthema, die Festnahme der beiden Liebesexperten. Sie rätselten beim Tee, wer der oder die Schuldige war. Mitten in ihre Überlegungen hinein platzte Manuel, der nach dem Vorfall so schnell wie möglich Feierabend gemacht hatte.

»Musstet ihr euch das nochmal komplett ansehen?«, wollte Gretje wissen. »Wenn das an die Presse kommt. Mannomann!«

»Die sind sich noch nicht einig, was sie mit dem Material machen sollen. Vom Team wird das wohl keiner an die Presse weiterleiten. Das glaube ich nicht.«

»Wenn du dich da man nicht täuschst«, sagte Piet. »Da muss doch nur mal jemand mit ein paar Scheinchen winken, dann wird ganz schnell einer schwach. So eine Megastory lässt sich die Boulevardpresse garantiert nicht entgehen.«

»Das wär echt krass. Krass schäbig«, kommentierte Manuel und bediente sich. »Gibt's keinen Kuchen?«

»Nee, mien Jung. Du kannst dir aber 'ne Stulle schmieren.« Gretje zeigte auf den Kühlschrank und Onno erklärte, wo alles andere zu finden war.

»Dann ist die Sendung damit ja wohl gelaufen. Oder wollt ihr ohne die Experten weiterfilmen?«

»Unser Boss will sich noch melden. Ich hab's nicht so lange ausgehalten, bis die mit ihrem Gequatsche fertig waren. Da ist nämlich noch eine Sache …«, hilfesuchend blickte er zu Gretje, »die ich euch nicht erzählt habe.«

»Und das wäre?«

»Ich habe die Tasche von der Toten bei Mika in den Bulli gelegt.«

»Was hast du? Und damit kommst du jetzt erst heraus? Du hast sie aber doch nicht …« Gretje Blom hob drohend den verletzten Arm. »Manuel«, sagte sie streng, »hast du sie geklaut? Und jetzt ist dir das zu heiß geworden?«

»Nein, nein! Bestimmt nicht. Tess hat sie mir gegeben und gesagt, ich soll sie Mika ins Auto bringen. Sie hat gemeint, die Tasche hat bei dem Bulli am Leuchtturm gelegen, das wäre bestimmt seine. Ich hab da nicht mal reingeguckt, in die Tasche. Nachdem wir in der Bücherei fertig waren, wollte ich sie Mika bringen. Der war aber nicht da und der Bulli war nicht abgeschlossen. Da hab ich sie extra so hingelegt, dass sie nicht gleich jedem ins Auge fällt. Ich weiß ja, wie verführerisch das für Taschendiebe ist.«

»Mensch Junge, warum hast du uns das denn nicht früher gesagt?«, schimpfte Gretje. »Das müssen die Ermittler doch wissen.«

»Hab mich nicht getraut, weil ich dachte, ihr glaubt mir sowieso nicht.«

Onno rollte mit den Augen. Gretje wählte Jan Bergs Nummer, aber er ging wieder einmal nicht dran.

»Da gibt es aber noch etwas, das unsere Kommissare wissen sollten«, sagte Gretje kleinlaut. »Wollte ich Jan schon die ganze Zeit sagen, aber dann ging ja plötzlich alles so schnell.« Gretje erzählte von der Unterhaltung zwischen Mika und Tess in der Bar. »Junge, Junge, Junge. Ich werde langsam alt. Das hätte ich doch fast vergessen.« Sie schrieb Jan Berg eine Nachricht und kündigte an, sofort vorbeizukommen. Auf eine Antwort wartete sie nicht, sie machte sich mit Piet und Manuel umgehend auf den Weg zum Polizeirevier.

***

Swantje Robben öffnete, weil sie dachte, der Pizzadienst stünde vor der Tür. Mürrisch sah sie die Störenfriede an und wollte sie nicht hereinlassen.

»Gretje Blom, es passt gerade überhaupt nicht. Das sollten Sie doch wissen, Sie stecken Ihre Nase ja sonst auch überall rein.«

»Und ob das passt! Wir müssen eine Aussage machen. Das kann nicht länger warten. Das geht hier um den Mord.« Mit ihrem Gipsarm stieß sie die junge Polizistin unsanft zur Seite und lief schnurstracks an ihr vorbei, zum Büro des Hauptkommissars. Anstandshalber klopfte sie an, drückte aber gleichzeitig die Türklinke herunter.

»Wir haben eine Aussage zu machen. Also, ich meine, der junge Mann hier.« Sie zeigte auf Manuel Steins. »Der kann euch sagen, wie die Tasche von Marlyn in Mikas Auto gekommen ist. Und ich hab auch noch eine brandheiße Info für euch.«

»Psst«, zischte Bea. Sie wies auf ihren Kollegen, der am Telefonieren war und sich dabei Notizen machte.

»Danke. Das hat uns schon sehr weitergeholfen. Kommen Sie doch bitte noch vorbei, um das Gesprächsprotokoll zu unterschreiben«, sagte Jan Berg und legte dann auf.

»Und?«, fragte Piet die Beamten, »wer von den beiden ist es gewesen?«

Jan Berg schnaubte und meinte, es wäre nicht immer so leicht, den wahren Täter zu ermitteln.

»Denn will ich euch mal erzählen, was ich bei einem Gespräch zwischen Mika und Tess mitgehört habe«, sagte Gretje. »Die beiden waren so vertieft, die hatten mich nicht bemerkt.«

»Wo sind die überhaupt?«, wunderte Manuel sich.

»Da, wo sie hingehören. Im Knast«, antwortete Bea.

Swantje polterte herein, einen ganzen Stapel Kartons auf ihren Händen balancierend. Eine feine Pizzaduftwolke brachte sie mit sich. »Essen!«, brüllte sie im Kommandoton. »Für euch haben wir nichts. Ihr könnt im Flur so lange warten, bis wir fertig sind.« Sie sah Jan Berg an. Der nickte. »Soll ich den Verdächtigen das Essen in den Zellen servieren?«, fragte sie.

»Ja!« Bea öffnete die oberste Verpackung. »Bring ihnen auch noch ein Wasser.«

»Und wir sollen im Flur warten? Nix da! Ihr hört uns jetzt zu, oder …« Gretje Blom setzte sich demonstrativ Jan gegenüber auf einen Stuhl.

»Oder was?«, wollte die Hauptkommissarin wissen.

»Oder ihr müsst mich hier raustragen«, trotzte sie. »Manuel, erzähl du zuerst, bevor die Pizza kalt ist.«

»Na gut«, lenkte Jan Berg ein. »Ihr habt doch nichts dagegen, wenn wir schon mal anfangen?«

»Doch«, wandte Manuel ein, »ich will auch ein Stück.« Gretje griff ungefragt zu und gab dem Jungen die kleine Stärkung. Er verschlang das Stück mit wenigen Bissen und berichtete dann von dem Auftrag, die Tasche in Mikas Campingbulli zu deponieren. »Tess Andersen hat sie mir gegeben.«

»Das ist ja interessant. Und du hast nicht nachgefragt, was das für eine Tasche ist?«

»Nö. Warum sollte ich? Ich bin nur der Handlanger vom Dienst und mach das, was man mir sagt. Will da noch länger arbeiten. Richtig, mit Vertrag.«

»Verstehe.« Jan Berg gab Manuel zur Belohnung ein weiteres Pizzastück. »Und was hast du uns so Wichtiges zu sagen?«, wandte er sich Gretje zu.

»Ich glaube, der hat die erpresst.«

»Wer hat wen und womit erpresst?«, hakte Bea ein.

»Mika hat Tess erpresst. Ich hab die beiden heute Mittag in der Bar im Konversationshaus gesehen. Eigentlich wollte ich mit Tess nur mal ausklamüsern, wie meine Chancen stehen, bei der Show mitzumachen.«

Bea verschluckte sich an ihrer Pizza, so sehr musste sie lachen.

»Die haben mich aber zuerst gar nicht bemerkt. Ich stand schon ganz nah bei denen am Tisch, die hatten so feindselig miteinander getuschelt. Die haben das auch nicht mitgekriegt, als ich auf Sprachaufnahme geschaltet hab.« Gretje Blom lachte verschmitzt. »Wollt ihr mal hören?«

»Da bin ich aber gespannt.« Bea Bissick stupste ihren Kranich an und nahm ein weiteres Stück Pizza.

Gretje Blom schaltete auf Wiedergabe. Die Stimmen von Mika und Tess waren gut zu verstehen, zwar leise, aber ohne störende Nebengeräusche. Es war nicht viel, was man hören konnte, aber das reichte schon. Mika drohte seiner Kollegin, sie der Polizei zu liefern, wenn sie nicht freiwillig ihren Posten an ihn abgab. ›Ich habe gesehen, was du getan hast. Für deinen Job gehst du ja sogar über Leichen.‹ Sie zischte zurück: ›Wer hatte denn die ganze Nacht seinen Bulli da stehen? Was glaubst du denn, wem man eher glaubt? Einem schwulen Spinner oder mir?‹ Dann hörten sie Gretjes Stimme unbekümmert drauflosplappern.

»Gute Arbeit«, lobte Bea Bissick und bot der Hobbydetektivin nun auch ein Stück Pizza an. »Es spricht alles gegen Tess Andersen. Wann wollte der Freund von Mika hier sein?«

»Müsste jeden Moment da sein«, sagte Jan Berg.

Als Hendrik auf der Wache war, holten sie die Verdächtigen aus ihren Zellen und spielten ihnen Gretjes Aufnahme vor.

»Was haben Sie dazu zu sagen, Frau Andersen?«

Tess spielte die Rolle des Opfers, das von seinem Kollegen bedroht wurde. »Wer einmal mordet, der schreckt auch vor einer zweiten Tat nicht zurück. Und der Kabelträger hier, der ist bekannt als Handtaschendieb. Den solltet ihr euch mal genauer ansehen.«

Manuel erbleichte, er wusste nichts zu sagen. Aber das war auch nicht nötig, denn Bea knöpfte sich noch einmal Mika und seinen Begleiter vor.

»Herr Lundberg, Sie haben uns anscheinend etwas Wichtiges verschwiegen. Was haben Sie in der Tatnacht beobachtet?«

Mika war es sichtlich unangenehm, nicht alles erzählt zu haben. Doch nun packte er aus. »Ich hab Ihnen ja schon gesagt, dass wir noch einmal vor die Tür gegangen sind, als wir das laute Getrappel und Türenknallen auf dem Parkplatz gehört haben. Wir haben uns überall umgesehen. Aber außer einem Mini und ein paar Fahrrädern konnten wir nichts sehen«, fing er an. »Aber dann haben wir plötzlich ein Wimmern gehört, dem sind wir nachgegangen.«

Hendrik nickte und erzählte weiter. »Wir konnten zuerst niemanden erkennen. Aber dann fiel der Lichtschein auf eine am Boden liegende Person. Sie sagte etwas, aber das konnte man nicht verstehen, weil jemand neben ihr kniete. Mika meinte, es ist Tess. Wir wollten zu ihr hin und fragen, ob wir helfen können. Doch dann fiel ein Schuss.«

»Es war Tess. Wir hörten sie noch sagen: Du wirst mir meine Sendung nicht kaputtmachen. Alleinerziehend? Keine Angst, das wirst du nicht sein. Für jedes Problem gibt es eine Lösung. Und dann fiel der Schuss«, ergänzte Mika die Aussage. »Sie blieb noch einen Augenblick bei dem Mädchen, hat sich wohl vergewissert, ob die wirklich tot war. Dann ist sie mit der Pistole in der Hand davongelaufen. Panisch. Als sie an dem Lastenrad vorbeikam, hat sie sich darüber gebeugt und die Waffe darin verschwinden lassen.«

»Und dann hattet ihr nichts Besseres zu tun, als euch in eurem Bulli einzuschließen und die Ermordete einfach so liegen zu lassen?«, schrie Gretje fassungslos. »Die hätte doch noch leben können. Die war ja vielleicht noch nicht sofort tot!«

»Doch, war sie«, kam es kaum hörbar über Tess' Lippen. »Sie war sofort tot. Es tut mir unendlich leid, was ich getan habe.«

»Davon wird Marlyn Beyer auch nicht wieder lebendig. Und sowas will Psychologin sein? Dass ich nicht lache«, regte Gretje sich immer mehr auf. »Und in eure Sendung will ich schon mal gar nicht!«

»Hast ja auch mich«, murmelte Piet besänftigend.

Gretje drückte fest seine Hand. »Und nun zu dir, Mika …«, fuhr sie fort. Sie ließ weder Bea noch Jan Berg zu Wort kommen, Gretje war nicht zu bremsen. »Was hast du zu deiner Entschuldigung zu sagen, weshalb du und dein Kumpel, weshalb ihr euch nicht um das Opfer gekümmert oder zumindest die Polizei gerufen habt?« Die kleine Person stemmte die Hände in die Hüften und taxierte Lundberg. »Na, wird's bald!«

»Wer hätte mir denn geglaubt, dass ich unschuldig bin? Mein Wagen stand doch die ganze Nacht da. Auch morgens noch, als das Filmteam anrückte. Weit und breit war außer mir ja kein anderer. Das glaubt einem doch keine Sau.«

»Hm«, kam es von Bea, »ist wohl so.«

»Abführen«, befahl Jan Berg.

Swantje brachte Tess Andersen in ihre Zelle zurück, am nächsten Tag sollte sie den Kollegen auf dem Festland überstellt werden. Mika und Hendrik unterschrieben ihre Aussagen. Sie konnten die Nacht wieder im Campingbulli verbringen.

***

Als Gretje mit Piet und Manuel in die Friesenrose zurückkehrte, brutzelte schon etwas Feines im Backofen. Leon hatte gekocht, zusammen mit Ida.

»Habt ihr den Täter?«, fragte Onno sofort.

»Tess Andersen war es!«, sagte Piet. Und dann gab er wieder, wie Gretje Blom der Saubande die Leviten gelesen hatte. Er war bannig stolz auf seine lütje Friesenrose, die sich nun doch nicht für *Hochtied first* anmelden wollte.

»Und wie geht das nun weiter mit der Sendung?«, fragte Ida.

»So genau weiß man das wohl noch nicht. Die Sendung steht ja schon auf Kipp, die Quoten sind nicht besonders«, wusste Piet. »Das liegt nun einzig und allein daran, ob Daniel und Simone Hipp verheiratet bleiben. Jedenfalls war das der Stand der Dinge vor dem Mord. Die Scheidung wollte Tess verhindern. Es durfte nicht sein, dass Daniel doch wieder mit Marlyn zusammenkommt.«

»Und sie lebten glücklich und zufrieden bis an ihr Lebensende«, seufzte Gretje. »Darauf ein Fittaminchen!«

ENDE

Ostfrieslandkrimi-Empfehlungen des Klarant Verlages

Lernen Sie auch die anderen Bücher der beliebten Ostfrieslandkrimi-Serie **»Ein Fall für Gretje Blom**« von **Rita Roth** kennen:

Immer wenn Gretje Blom auf der ostfriesischen Insel Norderney weilt, geschieht ein Verbrechen und sie ist mittendrin! Zum Glück verfügt die Ruheständlerin über einen außerordentlichen Spürsinn. Gemeinsam mit ihrem besten Kumpel Piet, Hauseigentümer Onno und den anderen Norderneyer Freunden löst sie jeden Fall. Gretje Blom ermittelt auf ihre eigene unkonventionelle Art – mit viel Scharfsinn, Durchsetzungsvermögen und einer ordentlichen Portion Humor!

In der Serie sind bereits folgende Ostfrieslandkrimis erschienen:

»Inselsünde«, Band 1
Taschenbuch-ISBN: 978-3-95573-987-4
eBook-ISBN: 978-3-95573-989-8

»Ich angle mir einen Millionär!« Mit diesem Wunschtraum im Gepäck reist Britt auf die ostfriesische Insel Norderney drei Monate später ist sie spurlos verschwunden. Einiges deutet auf eine Affäre mit dem bekannten Casanova Ricardo hin, der ebenfalls wie vom Erdboden verschluckt scheint. Ist Britt mit ihm durchgebrannt und genießt jetzt ihr Liebesglück? Oder ist sie einem furchtbaren Verbrechen zum Opfer gefallen? Gretje Blom stößt auf den Fall und entdeckt einige Ungereimtheiten. Gemeinsam mit ihren Freunden aus der Norderney-WG geht sie der Sache nach. Ins Visier gerät auch der Schönheitschirurg Rob van Geldern, der auf der Insel eine neue Beauty-Klinik eröffnen will und einen äußerst zwielichtigen Eindruck macht ...

»Inselzorn«, Band 2
Taschenbuch-ISBN: 978-3-96586-003-2
eBook-ISBN: 978-3-96586-004-9

»Inselrache«, Band 3
Taschenbuch-ISBN: 978-3-96586-037-7
eBook-ISBN: 978-3-96586-038-4

»Inselgroll«, Band 4
Taschenbuch-ISBN: 978-3-96586-107-7
eBook-ISBN: 978-3-96586-108-4

»Inseldrama«, Band 5
Taschenbuch-ISBN: 978-3-96586-166-4
eBook-ISBN: 978-3-96586-167-1

»Inselwelle«, Band 6
Taschenbuch-ISBN: 978-3-96586-236-4
eBook-ISBN: 978-3-96586-237-1

»Inselschleier«, Band 7
Taschenbuch-ISBN: 978-3-96586-353-8
eBook-ISBN: 978-3-96586-354-5